Collection S. Fischer

Peter Maiwald
Wortkino

Notizen zur Poesie

S. Fischer

Collection S. Fischer
Herausgegeben von Uwe Wittstock

Band 75
Originalausgabe
Veröffentlicht im Fischer Taschenbuch Verlag GmbH,
Frankfurt am Main, September 1993

Umschlaggestaltung: Manfred Walch, Frankfurt am Main
Gesamtherstellung: Wagner GmbH, Nördlingen
Printed in Germany
ISBN 3-596-22375-X

Für A. H.
der längste Brief
von allen

POLONIUS Was leset Ihr, mein Prinz?
HAMLET Worte, Worte, Worte.

William Shakespeare

Einladung zum Argwohn

Der Argwohn, daß die Poesie im argen wohne, Versfuß und Pferdefuß miteinander zu tun haben, ist durchaus berechtigt. Von Anfang an unterlag das Wort Gedicht einer Doppeldeutigkeit, von der es sich nicht ganz erholt hat. Alte Wörterbücher ordnen es denn auch früh und anrüchig, neben seiner literarischen Bedeutung, unter Lug und Trug, Gerücht und Verleumdung, Grille, Laune und abseitige Meinung ein. Wenn Luther vom »Lügengedicht« sprach, meinte er nicht Literatur, der es an Wahrhaftigkeit mangelt, und wenn er von dem »schönen Gedicht« seiner »Widersacher« redete, hatte er ebensowenig deren Fähigkeit zur Poesie im Sinn, sondern verbat sich üble Nachrede.

Das Wort Gedicht als Schimpfwort und Maulschelle für Unechtes, Unwirkliches, Gekünsteltes und Täuschung hat sich im Deutschen lange gehalten, nicht zuletzt, weil es auch von den Dichtern in diesem Sinne verstanden und gebraucht worden ist. »Dasz ich in meinem Herzen / die von euch rührend grosze Schmerzen / leid, lieb und lob, ist kein Gedicht...«, wehrte sich der Barockdichter Weckherlin, natürlich mit einem Gedicht, gegen die Annahme, seine Gefühle seien unecht oder vorgemacht. Selbst Schiller mußte von seinen Freunden mehr Ernst einfordern, weil er von ihnen zu hören bekam, daß sein »ganzes Wesen eben ein Gedicht sei... kurz alles bloß vom Dichter herausgequol-

len«, also schlichtweg erfunden und nicht von dieser Welt, und auch Goethe bitterte aus Leipzig nach: »Ich sah, daß sie meinten, Poesie und Lügen wären nur Geschwister.«
Eine größere Quelle des Mißtrauens sprudelt dem Gedicht aus seiner arbeitsscheuen Verbindung mit überirdischen Mächten zu. Wo vorgeblich ein Gott gibt, was die Dichter sagen, Musen und ihre Küsse mühelose Umstände vormachen und Inspiration, Einfall und Zufallsgeneratoren als Poetisches Einmalalles gelten, ist die Arbeit aus dem Paradies der Poesie vertrieben und das Ansehen arbeitender Menschen dazu. Daß man Gedichte nur schreiben könne, »wenn sie anfallen«, wie wir von einem jüngeren Poeten erfahren, ist ein Satz zur Vermeidung von Arbeitsanfall. Sebastian Brants übermütiges wie verhängnisvolles Sprüchlein »Disz klein Gedichtlin nit veracht, / in einer Stund hat ers gemacht« feiert immer noch fröhliche Urstände und verführt nach wie vor dazu, die relative Kürze der Form mit ihrer Herstellungszeit zu verwechseln.
Zum Unglück der Dichter ist die deutsche Sprache zudem großzügig mit Danaergeschenken, wenn einer der ihren in Not ist. Sie dichtet gerne selbst und von selbst. Am freigiebigsten hält sie es mit den Reimen. Sie hat davon in ihren Ärmeln genau so viele, wie sich die Schulweisheit träumen läßt, und schüttelt sie nur so aus, wovon man sich nicht allein bei Betriebsfesten und Vereinsfeiern, an Muttertagen und Karneval überzeugen kann. Der Reim ist der Sprache Lieblingskind (ich gebe zu: Er weiß sich Liebkind zu machen), und sie hat ihn über Jahrhunderte zum Inbegriff des Poetischen erheben können und mit Gottvertrauen und mit widerspruchsfreier Moral – »was sich reimt, das schickt sich auch« – ausgestattet. Was einen Könner des Faches, der we-

niger Reimvertrauen besaß, mit Hinblick auf die ungereimten politischen Zustände seiner Zeit spotten ließ: »Ob sich gleich auf deutsch nichts reimt, reimt der Deutsche dennoch fort.« Indes, der weimarische Hofrat tat es auch, und wer seine gelegentlichen Fürstenlobgedichte gelesen hat, weiß, wie die Sprache für Goethe einsprang.
Schon der bloße Genitiv dichtet im Deutschen von alleine und unablässig, vom »Segler des Traums« bis zum »Irrtum des Mondes«, von der »Zärtlichkeit der Schatten« bis zum »Ortswechsel des Herzens«, von der »Furie des Verschwindens« bis zum »Trommler des Schlafes« und von da auch umgekehrt. Selbstverständlich sind diese Beispiele jenseits von Gut und Schlecht. Schließlich macht sich das »Böse der Blumen« gleichfalls ganz gut von selbst. Auch wird, wem es um Pathos und Patina zu tun ist, von diesem Fall zuvorkommend bedient. Dem Bombast von »Des Hauses Hüter« ist der »Hüter des Hauses« schwerlich gewachsen.
Dazu kommt die Möglichkeit, in Gedichten mit Sätzen ungrammatisch verkehren zu können, was Leute ins Geschäft bringt, die auch in Prosa wenig zustande bringen. Die poetischen Um- und Verstellungen sind dann danach. Der Satz »Das Geranke strahlt alabasterhaft«, kostbar und überladen genug, macht auch dann keinen Vers, wenn man ihn zu »Alabasterhaft Geranke strahlt« umstellt, und die Zeile »Das Lichtherz bricht der Lampe« ist nur die Verquerform des Satzes, daß der Lampe das Lichtherz breche. Es sind Verse, die nicht sprechen, sondern radebrechen und anstelle von versfüßigen Möglichkeiten Wortstelzen benutzen. Von da ist es nicht weit zu den lyrischen Stenogrammen, in denen sich der poetische Satzbestand in Einzelteile, aneinandergereihte Wortbilder und Bildworte, auflöst. Statt Gedichten entste-

hen Gedichtskelette. Absicht und Unvermögen sind dann Brüder, und bisweilen erleichtern sie sich gegenseitig, indem sich der eine für den anderen ausgibt.

Wo die Sprache Geschenke macht, darf der Wie-Vergleich nicht fehlen, ein poetisches Dampf- und Schnellbügeleisen, mit dem sich noch der faltenreichste Stoff glätten läßt. Daß alles irgendwie mit allem zusammenhängt, wußte schon der ältere Volksmund – »es ist ein Reym auff allen Dingen« –, und das fatale wie fatalistische Wort, daß alle Vergleiche hinken, ermutigt auch die behinderten, sich für eine alternative, nämlich poetische Gangart auszugeben. Von vergleichbarer dichterischer Do-it-itself-Wirkung sind im Deutschen die litaneihafte Aufzählung und die Wiederholung von Worten und Sätzen. Beide Verfahren, heidnischen wie christlichen Ritualen entsprungen, beschenken jeden, der sie verwendet, großzügig mit einem Vorschuß ihrer ehrwürdigen Aura. Ersteres hat den fragwürdigen Vorteil, daß es ordnende Gedanken spart, das zweite, daß sich damit Zeilen schinden lassen.

Selbst das unveräußerliche Eigentum der Poesie, ihre Einlassung durch Auslassung, bietet sich bereitwillig als Sinn- und Formvortäuscher an. Mehr als das Produkt ist dann erstaunlich, wie einfach es sich das schwerste vom Schweren, das eine Wort, dessen Kraft eine ganze Zeile ersetzen soll, machen kann. Es ist zu vermuten, daß da weniger auf die Faszination des Wortes als auf die Faszination des unbeschriebenen Blattes gebaut wird und auf die Hoffnung, der berühmte Gedichtraum zwischen den Zeilen möge schon richten, was an Kunst und Inhalt fehlt. Indes, auch was zwischen den Zeilen steht, kann durchfallen und das, was drumherum nicht steht, auch.

Begeben wir uns zum Schluß in den Wortspielraum, das Kinderzimmer der Sprache. Auch dort wird reichlich gegeben, und man hat alle Mühe, über die Spielzeuge, die da herumliegen und sich aufdrängen, nicht zu stolpern. Wortbaukästen und Satzanlagen zum Spielen hat das Deutsche in barocker Fülle und zeitgenössischer Hülle, sozusagen von Quirinus Kuhlmann bis Arno Schmidt, ein poetischer Spielzeugladen, der schon Georg Philipp Harsdörffer vor lauter Begeisterung in seinen »Poetischen Trichter« blasen ließ: »Die Letterwechsel / wann sie nach der Kunst geschlossen / oder mit einem Sinnbild artig verknüpffet / belustigen meines Erachtens vor allen anderen.« Allein, die Buchstabenspiele von Anagramm bis Palindrom haben nichts mehr zu fürchten als ihre bucklige Verwandtschaft, den Kalauer. Natürlich lassen sich auch auf dem platten Land Entdeckungen machen, und die deutschen Calembours, von Heines »famillionär« bis Jandls »lechts und rinks«, mögen wir uns wohl gefallen lassen. Allerdings kennt, wer mit Worten spielt, ihre Neigung, sich um Kopf und Kragen, Sinn und Verstand zu spielen. Die Verführung, daß dabei nicht mehr als ein X für ein U, ein kw für ein qu, ein x für ein gs, ein & für ein Und vorgemacht wird, liegt nahe, und mehr als »Silbengestöber, Letternkonfetti« (Rühmkorf) mag dann trotz bester wort- und sprachverändernder Absicht nicht herauskommen. Wortattrappen wie »auratoren«, »kraftleierei«, »betrübssystem« und »aristotelessings« (aus einem neueren Gedichtband) sieht man die Teilzeitarbeit ihres Autors schon an. Der Witz, der, wenn er gut sein will, immer das Risiko der Verblüffung hat, ist hier durch Routine aus dem Wortbaukasten ersetzt. Wenn die Spiellust über die Sinnlust triumphiert, kann es unterderhand geschehen, daß sie mit eher

Entsetzlichem Scherz treibt und Klägliches wie »Apartheid / Paart in der Heide« hervorbringt. Vom Buchstabenschieber bis zur Buchstabenschiebung ist es nicht allzuweit. Das Wortspiel um des Wortspiels willen verwechselt die Autonomie der Poesie (daß die Worte ein Eigenleben haben) mit Autarkie (daß die Worte nur von Worten leben). Die Poesie ist aber kein Selbstversorger und auf vieles mehr als nur Sprache angewiesen. Wo sie sich selbst versorgt und die Worte als Selbsterfahrungsgruppe auftreten, hat ihre Selbstgenügsamkeit leicht etwas von der Selbstgenügsamkeit und auf Dauer faden Ästhetik von Zungenbrechern. In solcher In-Ulm-und-um-Ulm-und-um-Ulm-herum-Lyrik, notierte Friedrich Schlegel in seinen »Literarischen Notizen«, ist viel »philologischer Formularwitz, Decorationspoesie, Buchstabendünkel und dünne Tollheit«.

Notizen 1

Zwei Fragen des polnischen Dichters Julian Przybos als Aufnahmeprüfung für eine Dichterakademie: »Wie werden Gedichte, die auf Rädern rollen, gemacht?« und »Wie zieht man seinen Tag aus dem Verkehr?«

Wundersame Wortvermehrung: Eins gibt das andere.

Die Angst, etwas Falsches zu sagen, die um Richtiges bringt.

Gedichte, zumindest, schreibt das Leben nicht.

Zutrauliche Worte, man kriegt sie nicht los.

Die vollgeschriebenen Worte: Liebe und Tod.

Schon daß ein Gedicht vorgibt, nur von einem Autor zu sein, ist eine unziemliche Lüge.

Worte, die unterwegs zu neuen Ufern ertrunken sind.

Gedichte: Pilotfilme, denen die Serie vorangeht.

Worte, die anderen Worten die Häute abziehen.

Schriftsteller, die ihren Lesern etwas hinter die Ohren schreiben wollen und sich wundern, daß sie da kein Gehör finden.

Die Intoleranz der Worte: das bessere, das der Feind des guten ist. Nur die gleich schlechten halten sich aus. Die Spannungen zwischen den gleich guten.

Worte als Würdenträger: Man muß ihnen auf die Schleppe treten.

Das Röcheln der unsterblichen Worte.

Die Wortführerin: »Ihr Worte, auf, mir nach« (Bachmann).

Wortschaum, immer auf einer neuen Welle.

Wortkino

Wer sich von dem rumänischen Lyriker und Gedichtvorführer Marin Sorescu in sein kleines Wortkino (es liegt an einer Ecke der Weltgeschichte) entführen läßt, der kann sein blaues Wunder erleben. Kaum daß man dem grellen Licht unserer Tage entkommen ist, beginnt sich der bekannte Sprachraum zu verdunkeln, Sorescus Wortapparat fängt an zu surren und wirft sein besonderes Licht auf unsere hasenfüßigen Redewendungen, und wir erleben eine Folge sprachlicher Kurzfilme, die uns buchstäblich an Charlie Chaplin, wo nicht, an Laurel und Hardy erinnern. Lyrikliebhaber versichern, sie hätten nach dem Ansehen von Sorescus Versen Buster Keaton zwischen den Zeilen herumirren gesehen.

Also sehen wir uns doch einen von Sorescus Wortfilmen an, damit wir sehen lernen, was ihr Verfasser sieht. Die Bilderfolge (oder sollen wir Gedicht sagen?) heißt »Variante« und ist tatsächlich eine Variante einer anderen Bilderfolge, die »Vom Erkennen« heißt. Und was sehen wir in dieser Variante vom Erkennen? Wir sehen einen Dichter (andere sehen natürlich etwas oder jemand anderes!), aber wir sehen einen Dichter inmitten einer Menschenmenge, wie er sich gemein macht. Oder sich gemein machen will. Dichten ist ein einsames Geschäft, wir wissen das aus anderen Wortfilmen, und so nehmen wir es unserem Hauptdarsteller auch nicht besonders übel, wenn er sich ein bißchen Gesellschaft verschaffen will. Das Bild vom Menschen als »zoon politicon« fällt uns ein, zumal unser Drehbuchautor nach eigenem Bekunden (wir zitieren aus einem anderen Sorescu-Gedichtfilm) sich der »griechischen Vernunft« verpflichtet fühlt. Und natürlich kommt uns an dieser Stelle auch ein deutscher Versstreifen in den Sinn, nämlich der von Friedrich Schiller, in dem es heißt: »Seid umschlungen, Millionen«, und nun können wir uns wieder unserem Dichter in der Menschenmenge nähern (dem in dem Sorescu-Wortfilm) und ihn verstehen, und verstehen heißt ja nur, daß wir bemitleiden können: Wie er da steht, mit ausgebreiteten Armen, bereit, die ganze Welt zu umarmen, brüderlich und schwesterlich, wie er auf den einen (wie auf Millionen) zugeht und sagt: Ich kenne dich, wir haben zusammen auf der Schulbank gesessen, und wie er auf die andere (wie auf Millionen) zugeht und sagt: Ich kenne dich, wir haben zusammen in einem Bett gelegen, und auf einen Dritten und sagt: Wir kennen uns doch von einem Urlaub in der Schweiz, und so weiter und so fort. Und wir wissen ja, ein Dichter kennt den Menschen und die Menschen sowieso. Das ist sein Beruf oder, wie wir aus einem anderen Wortfilm wissen: Wer nicht, wenn der Dichter, kennt seine Pappenheimer. Und da geschieht (natürlich in Sorescus B-Movie) etwas Ungeheuerliches. Die Pappenheimer, die wir, wie der Dichter des Films, zu kennen glaubten, behaupten plötzlich, sie wären gar nicht aus Pappenheim, noch hätten sie mit dem Dichter die gleiche Schulbank gedrückt, weder wären sie im selben Bett gelegen, noch hätten sie den gleichen Urlaub verbracht. Kurz: Die Objekte des Humanismus, die Menschen, weigern sich einfach, von ihrem Dichter gekannt, geschweige

denn erkannt worden zu sein, und sie lassen ihren selbsternannten Erkenner rechts oder links liegen und gehen ihrer sonderbaren Wege und wollen partout nicht in das Passepartout seines Gedichts. Da sitzt er nun, Bein auf Beine auf einem Steine (wir vermuten, es ist der des Sisyphos), der arme poetische Angeber einer Menschenliebe und Menschenkenntnis wie andere arme Angeber, Politiker und Pädagogen, da sitzt er nun auf seiner einseitigen Leidenschaft, die, wie zu sehen, unerwidert ist, und der Film ist aus.
Nicht komisch? Nicht dramatisch genug? Zuviel Pessimismus? Gut. Wir haben immer noch einen Sorescu in petto. Also nehmen wir den. Zum Beispiel: »Ödipus und das Orakel.« Das Gedicht geht so oder fast so, wie wir es aus anderen Wortfilmen gewohnt sind. Aber jetzt kommt Sorescu. Also: Ödipus geht zum Orakel, muß aber leider sagen, daß er schon alles weiß, was das Orakel ihm erst erzählen will. Da wird das Orakel natürlich arbeitslos und wütend und wirft den undankbaren Ödipus hinaus. Dazu der salomonisch ausgewogene Kommentar des Drehbuchautors (natürlich aus dem Off:) »Ödipus ist Taktlosigkeit anzukreiden. Dem Orakel – schlechte Manieren.«
Und was ist noch im Programm? Ikarusse, die aus dem Fenster springen und im »Blumenkübel« landen, woraus sie »nun gehärtet durch n plus einen Sturz« wieder aufsteigen, Lazarusse, die sich nicht in (sollen wir sagen: unserer?) Erde begraben lassen wollen, weil sie die Auferstehung fürchten, Fakire, welche die Kunst der Schmerzaufhebung durch Kunst noch nicht gelernt haben oder nicht lernen können, und eben derlei Gaukler, Narren, Seiltänzer, Menschen, Tiere, Künste und Sensationen mehr.

Der Fakir als Anfänger

Ich habe auf Nägeln gesessen:
alle taten sie mir weh,
einer nach dem anderen,
au! – der ging besonders tief!
Ich brülle – und die Gaffer stieben auseinander.
Maulaffen! Wollen zusehn, wie einer es anstellt,
daß ihm nichts wehtut.

Ich habe den Säbel geschluckt.
Genauer gesagt, versucht, ihn zu schlucken:
er war scharf, und ich spie ihn aus.

Dann hing ich an einem Kreuz:
das war ein Schmerz, vom Anfang
bis zum Ende.
Qualvoll und schrecklich.
Sie waren enttäuscht von mir,
die Lanzenträger wie die Klageweiber
und die Essighändler
und die Eisenhändler
und die Schwammhändler.

Es heißt, da gibt es Leute,
die bringen so was heiter, ja
unbeteiligt lächelnd hinter sich –
es fließt kein Tropfen Blut,
kein Ächzen, kein Stöhnen.

Ja ja die Kunst, die Kunst!

Und nun werden Sie sich und mich fragen, warum Sorescus Wortfilme nicht permanent ausverkauft sind, warum nicht Buchhändlerinnen und Kartenabreißer reihenweise genervt in Ohnmacht fallen, warum nicht dieses Land seit Wochen von nichts anderem mehr spricht als von Marin Sorescu?

Das will ich Ihnen gerne sagen: Der rumänische Lyriker Marin Sorescu hat offensichtlich nicht die sittliche Reife, die hierzulande der Gedichtkunst im besonderen und der Literatur im allgemeinen abverlangt wird: Er ist nämlich durch und durch und überaus witzig (was nichts anderes heißt als: in der Trauer verständig). Und ein Lyriker, dessen Verse lachen machen, wir wissen das aus dem Kunstunterricht, ist eigentlich keiner.

Das Vergnügen an Sorescus Versen und Wortfilmen wird noch gesteigert, weil dem Rumänen mit dem Rumäniendeutschen Oskar Pastior, dem großen Sprach- und Sprechkind, ein kongenialer Übersetzer, ein stand-by comedien zur Seite steht und wir das Augenzwinkern sehen können, mit dem der Übersetzer Pastior seine Sorescu-Übersetzungen kommentiert: »Bei Sorescu spreche ich ein falsches Rumänisch und ein falsches Deutsch – gerade falsch genug, daß es im Glücksfall stimmt.« Es stimmt: Da haben sich zwei gefunden, sich zur Sprachlust und uns zum literarischen Glück.

Notizen 2

Ein poetischer Homunkulus, der aus Worten besteht. Verliert er eines oder nimmt man ihm eines, zeigt er sofort Mangelerscheinungen, bei mehreren, Wunden und Geschwüre. Bei weiteren Verlusten stirbt er.

Der erschöpfte Lorbeer, der sich auf einem Dichter ausruht.

Den Satz in der Mitte hinkriegen, aber stets fällt er zur einen oder anderen Seite.

Das traurige Gedicht: Das Herzklopfen der Tür hören, wenn keiner kommt.

Das im Mund umgedrehte Wort: Nun spuckt es gegen seinen Erfinder.

An der Grenze der Vorstellungskraft: die Realisten als Zöllner.

Worte, die sich von Versen einwickeln lassen.

Rufer in der Wüste, aber jede Oase führt seine Bücher.

Eine Wortfolge aus lauter unfolgsamen.

Vergeßliche Worte, die sich immer weniger an sich erinnern, die alltäglichen.

Gedichte schreiben und nicht zu Wort kommen.

Wortschnüffler: Er spürt verschwundenen Worten nach, sucht entführte, klärt Todesfälle, entlarvt korrupte, schlägt sich mit dreisten herum und verliebt sich zwischendurch in eine seiner Hauptfiguren, bis der Fall abgeschlossen ist.

Vorstellbare Verleumdungsprozesse: in Sachen Frühling, Sommer, Herbst und Winter gegen Naturlyriker.

Gedichte, die von Worten leben, die sie sich erspart haben.

Experimentelle Worte, die den Autor testen.

Eingemachtes

Gedichte sind etwas Gemachtes, und dieser Sachverhalt treibt Leser und Dichter dazu, nach Rezepten und Anleitungen zu verlangen. Im Ergebnis sind diese Unternehmungen, die sich Poetiken nennen und an denen sich nicht wenige versucht haben, immer etwas enttäuschend, weil sich am Ende nur die Enthüller enthüllt haben und die Poesie sich ihrer Nacktheit entzieht. Auch wenn statt von Musenküssen und Inspirationen mehr von Transpirationen und Handwerk die Rede ist, trügt die Hoffnung, daß man damit dem Poetischen der Poesie beikommt. Am Ende bleibt die Literatur streng, aber gerecht: Sie behält von ihrem Zauber, was des Zaubers ist, und gibt den Erklärern, was der Erklärer ist. Selbst die entschiedensten Entmythologisierer der Gedichtkunst schaffen nur einen neuen Mythos, nämlich den, daß sie wüßten, wie man ein Gedicht macht. Sie wissen es nicht. Sie schreiben im besten Fall welche.

Die Arbeit an einem Gedicht beginnt damit, daß man ihm nicht nachgibt. Das Gedicht hat in der Regel eine schöne Stimme, die dem Autor schmeichelt und in den Kunstverstand fällt. Das Paradox folgt einer Vorschrift Schillers, der, selbst oft dagegen verstoßend, davor gewarnt hat, den Schmerz mitten im Schmerz zu besingen. Damit läßt sich für das Fertigen von Gedichten wenigstens zweierlei gewinnen, ein Motiv, den Schmerz (wer glücklich ist, schreibt

nicht, und wenn doch, dann aus Verlustangst), und eine Haltung, die Distanz.
Fassungslosigkeit mag eine annehmbare Haltung sein angesichts der Welt, wie sie ist. Zu den Haltungen der Kunst gehört, daß sie sich zusammennehmen und fassen muß, auch wenn sie sich gehenläßt. Gedichte stellen, auch wenn sie unsere Fassungslosigkeit besprechen, eine Fassung der Fassungslosigkeit dar.
Gedichte, hat ein Dichter behauptet, sind das Echo der Welt, aber nicht alles, was der Dichter in sie hineingeschrien oder -geflüstert hat, kommt aus ihnen wieder heraus. Manche bewahren dieses Geheimnis über Jahrhunderte, manche verraten es und verlieren sich alsbald. Die Überlebenden überleben mit ihm, wenn überhaupt, dann in den ebenso geheimnisvollen Köpfen der Leser. Der Dichter hat nur ein Vorschlagsrecht.
Die dichterische Freiheit besteht darin, daß der Dichter von den Freiheiten, die sich das Gedicht nimmt, hemmungslos Gebrauch macht. Ein Gedicht braucht nichts zu beweisen oder zu belegen. Es ist nicht richtig oder falsch. Es ist nur gut oder schlecht gemacht. Das lyrische Paradox (oder wenn man so will: das literarische Geheimnis) besteht darin, daß das poetische Gewicht eines Gedichtes ansteigt, je leichter sich in ihm ein Versfuß vor den anderen setzt, kunstvolles Stolpern eingeschlossen. Das erklärt, warum ein schweres Gedicht im Deutschen oft leicht zu machen ist. Gedichte sind am Ende nichts anderes als die Beschwerden eines Individuums, schwerelos vorgeführt.

In guter Gesellschaft

Sonett

Und als die siebente Stunde Frühe schlug
Erwachten wir sehr blaß in ihrem Bette.
Ich fragte, ob sie genügend hätte.
Sie sagte: nein. Und wie ich sah, mit Fug –

Genug, sprach sie, ists nie. Selbst sieben Male
(Ich will nicht lügen, fünf, doch gut für sie)
Sind nichts, wenn sie vorbei sind, d. h. fast nie
Mehr als Erinnerung, und was soll die: male

Den Mund mir mit den Lippen rot, und laß
Die Sonn (sie sagte: Tags Stern) mir am Bauch
Allein nicht, sie könnt friern, ich denke, Rauch
Geraucht, wird kalt, wir sind nicht Rauch: nur daß

Du mich jetzt faßt, beweists, komm laß uns wippen.
Da fing mirs an. Sie hat geschickte Lippen.

Als ich von meinem Vorhaben, der Frankfurter Anthologie von Rainer Kirschs Sonett Bescheid zu geben, den Dichter Martin Opitz unterrichtete, befand der, dies sei ja schon wieder ein »klincgeticht«, erbot sich aber dennoch, mich in

den Salon am Main zu begleiten, »wiewol es mir nicht gefallen wil«. Derart ermutigt, wenn auch zweischneidig, begab ich mich zum angegebenen Ort und erwartete nichts mehr als das lasche Abwinken der Jüngeren, von denen ich wußte, daß sie mit Sonetten soviel am Hut haben wie die modernen Mafiosi mit der Hühnerfeder des Räuberhauptmanns. Allein die Älteren hatten sich in respektabler Menge zur Begutachtung eingefunden. Ich verteilte rasch den Text und sparte nicht mit Hinweisen auf die Herausforderung des alten Themas (Vergänglichkeit! Vergänglichkeit!), lobte die spielerische Ausführung und die egomane Behandlung und erinnerte, daß wir mit erotischen Bildern derzeit nicht eben reich bedacht seien. Man bat um Ruhe. Man wollte sich, völlig unzeitgemäß, vom Gedicht belehren lassen und nicht umgekehrt. Nur Schiller und Hölderlin verzogen sich in eine Ecke. Sie hatten nie etwas mit Sonetten zu tun gehabt und wollten es auch dabei bleiben lassen.
Schließlich brach es aus Johann Heinrich Voss heraus. »Grillenhafte Reimkünstelei«, schrie er, »galante Schellentracht, altfränkischer Klingelschuh«, und wir konnten schon froh sein, daß er nicht noch mehr Schaum vor den Mund brachte. Na und, schrie der dicke Franz Werfel zurück: »Im Deutschen müssen sich die Sachen reimen«, erntete aber nur schallendes Gelächter von allen, die sich reimlos ausgewiesen hatten. Und inmitten des Lärms skandierte Alfred Lichtenstein, als sei die Kenntnis der Klassiker Kirschs einziges Vergehen, unentwegt fünfhebige Jamben auf die Tischplatte: »Wer trillert nun die imitierte Flöte: verlogner Shakespeare und erborgter Goethe.« Der wiederum, offensichtlich geniert, murmelte etwas wie die Sache sei »aus ganzem Holze«. Im übrigen verrate das Vorliegende ein großes

Herz, zu dem auch die Liebe zur strengen Form gehöre, beides geeignet, selbst ein Sonett – »Das Allerstarrste!« rief Voss, Goethe imitierend, dazwischen – mit Feuer aufzuschmelzen. Wenn dies auch nicht mit der von ihm gewohnten Kraft, sondern mit der Sparflamme der Lakonik geschehe, so sei dies einzig dem Energiegeiz, der zur Zeit des Autors herrsche, zuzuschreiben.

Nun hielt es auch August Wilhelm Schlegel nicht länger – das Präsidium des Sonettenkränzchens war ihm vorbehalten, wenn auch nicht unumstritten, aber von den Jüngeren wollte keiner, selbst Törne, Endler und Mickel nicht; Brecht hatte vormals schon mürrisch abgewinkt –, und Schlegel erhob sich von seinem Sitz und begann seine gezählten Erbsen abwechselnd in die eine oder andere Waagschale zu werfen. Zwar habe der Autor unziemlich gegen ziemlich alle Regeln verstoßen, die er, Schlegel, für die Herstellung von Sonetten aufgestellt habe – so in der Sorglosigkeit des Reims, so beim geradezu lausbübischen Hang zu Enjambements (an dieser Stelle begann Rilke vornehm zu lachen), und es sei »ganz bestimmt fehlerhaft, Partikeln, die gar nicht für sich allein bestehen können, zu Reimwörtern zu wählen« –, aber es sei doch unverkennbar, daß durch die Kunstfertigkeit des Autors sein Thema (Lob der Gegenwart oder: Was man hat, hat man!) »aus den Regionen der schwebenden Empfindung in das Gebiet des entschiedenen Gedankens gezogen wird«.

Daraufhin ließen es die Dichter gut sein und gingen zusammen auseinander. Mir und Opitz blieb das Weinhaus, wobei mir Opitz nach dem fünften Glas versprach, sich das Sonett noch einmal anzusehen. Aber man weiß ja nie, was man von Dichterworten halten kann.

Zwischen den Zeilen

Zwischen den Zeilen ist der Ort, an dem sich die Pantomimen des Gedichts bewegen. Wortlos ergreifen sie ein Wort und stellen es vor oder nach, verstärken seine Wirkung oder spielen sie herunter, verrätseln einen Begriff oder Kniff oder verraten ihn. Jeder Zeilensprung ist eine Entscheidung zwischen vielen Partituren und vor allem gegen die eine, die darin besteht, die Zeilen auszuschreiben. Gnadenlos denunzieren jene ästhetischen Tänzer, die sich zwischen den Linien eines Gedichtes tummeln, jede Beliebigkeit. Sie bleiben dann einfach weg, und zwischen den Zeilen eines von ihnen, den guten Geistern des Gedichts, verlassenen Textes passiert gar nichts. Die Worte sind nicht mehr als die Worte, ohne doppelte Böden, ohne flirrendes Wortfeld, ohne Vor- und Hinterhof. Die Zeilen ähneln abgebrochenen Studenten, die sich ihrer Ausbildung vorzeitig entzogen haben und sich dennoch ihrer prosaischen Laufbahn verweigern. Nun mag geborgte Aura Menschen machen, aber keine Gedichte. Ist der Zeilensprung jedoch begründet, und das erweist sich, wenn die Zeilen eines Gedichts nur so und nicht auch prosaisch gesetzt werden können, kommen auch die Pantomimen des Gedichts zu ihren Worten und verwandeln jedes einzelne mit ihrer sprachlosen Kunst zu einem Pas de deux, zu einer Menage à trois, und auch Quartette sind in Meisterwerken keine Seltenheit und gesehen worden.

Das Gedicht vor und nach dem Gedicht

Ein Gedicht besteht zumindest aus zwei Gedichten, dem Gedicht des Autors und dem Gedicht des Lesers. Das Gedicht des Autors ist die Erfahrung, die er beim Schreiben macht. Das Gedicht des Lesers ist jenes, das beim Lesen wirklich wird. Beide haben bedingt miteinander zu tun. Das Gedicht des Autors ist die Verwirklichung einer Erfahrung mit Worten, das Gedicht des Lesers ist die Erfahrung einer Verwirklichung durch Worte. Ist das Gedicht geschrieben, ist das Abenteuer für den Autor vorbei, und der Genuß, den er bei der Mühe des Verfertigens hatte, übertrifft den Genuß des Endprodukts allemal. Nicht das Gelungene, die Arbeit am Gelingen, der Ringkampf zwischen Absicht und Materialwiderstand, wirft für den Autor die meisten Erkenntnisse ab, korrigiert seine Vorurteile (macht Platz für neue), schärft den Sinn für das Sprachvermögen (auch für das Unvermögen), und da jedes Gedicht (auch das vollkommene) für den Autor zu wünschen übrigläßt, setzt die Herstellung des einen den Energieschub für das nächste frei. Das Gedicht des Lesers ist das Negativ vom Gedicht des Autors. Er muß damit in seine persönliche Dunkelkammer, um den Wortfilm zu entwickeln, in dem er mitspielt und mit dem er spielen kann. Die Beschäftigung mit der Poesie »ist eine Geduldsarbeit, ausgeführt von einem Ungeduldigen«, bemerkte Paul Valéry. Das gilt für Autor wie für Leser.

Notizen 3

Der Artist auf dem Seil, das Publikum ist ausgeblieben, und er hat doch die Stürze so gut geprobt.

Das leise Lächeln des Windes, wenn ihm erklärt wird, woher er weht.

Agonie: Alle Worte haben mir ihre Zeitverträge hingeworfen.

Ein dickes Buch von der Angst des Wortes, ergriffen zu werden.

Die helle Empörung, die alles verdunkelt.

Dilettantismus: Etwas zum Ausdruck bringen wollen und der Ausdruck sagt: Nein.

Midas, ein Schriftsteller, dem alles, was er erlebt, zum Wort wird.

Das kurze oder das lange Gedicht, das gereimte oder das ungereimte oder das Hornberger Schießen um des Kaisers Bart.

Der tote Punkt am Ende der Sätze.

Die Kunst, sich das Farblose ausmalen zu können, und die Kunst, schwarz auf weiß das Blaue vom Himmel zu erzählen.

Drei Phrasen, die einen Menschen umstellen und ihn berauben.

Eine Zufluchtsstätte für vergewaltigte, geschundene und gequälte Worte, ein Wörterhaus.

Der Reim als Robinson und kein Freitag in Sicht.

Die Panik der netten Worte.

An den Nerven zerren, daß ein Akkord gelingt.

Pegasus auf dem Seil, durch eine Erschütterung das Gleichgewicht verlierend, stürzend, sich durch seine Flügel rettend. Das Publikum, das von Betrug spricht.

Mein Gedicht

Ich schreibe ein Gedicht, bin also unterwegs mit ihm, das ist schon eine Halbwahrheit. Ich bin gar nicht unterwegs *mit* ihm, unsere Bewegung geschieht nie gleich auf gleich, immer ist mir das Gedicht ein paar Versfüße, Bilder und Zeilen voraus, und alles, was mich antreibt, ist, es einzuholen. Da bleiben wir beide plötzlich und auf Distanz stehen und kommen nicht von der Stelle. Was ist los, sagt mein Gedicht und zittert vor Ungeduld (es will zu sich kommen) und fürchtet vor allem meine guten Absichten. Was ist los, sage ich ärgerlich über seinen Widerstand und seine Abneigung, mir zu Willen zu sein, und wir stehen uns feindselig gegenüber und bezweifeln uns.
Ich schreibe ein Gedicht, bin also in offenen Streit geraten, und wir beäugen uns wie weiland Hiltibrant enti Hadubrant untar heriun tuem, und es ist noch gar nicht ausgemacht, wer welche Rolle spielt und wie die Sache ausgeht, ein Notstand, den wir von Anfang an mit der Überlieferung des Hildebrandsliedes teilen. Einstweilen vertreiben wir uns die Zeit (was Tage, Wochen und mehr in Anspruch nehmen kann), indem wir uns zurückhalten, ich meine sprachlosen Erfahrungshaufen, stotternden Gefühlsreserven und haltlosen Gedankentruppen, das Gedicht seine wohllautenden Wortbanden, Satzformationen und Ersatzarmeen. Immer geht es um die Frage, wer Wortführer sein soll, mein Ge-

dicht oder ich oder beide, es läuft, wie immer in der schönen Kunst, auf Abwechslung hinaus. Dabei bleibt es nicht aus, daß wir uns gegenseitig verhöhnen und unter unser Niveau gehen, ein quälender Umstand, währenddessen wir unsere Niederlagen mit Mengen von weißem Papier, beschriebenem, zerrissenem und zerknülltem, anzeigen.

Ich schreibe ein Gedicht, bin also mißtrauisch ihm gegenüber und seiner Kritik, muß auf der Hut sein, daß mir kein Wort in den Rücken fällt, bin vorsichtig, daß es mir keinen Versfuß stellt, und sein Lob nehme ich selten im Detail zur Kenntnis, beim gefundenen Wort, beim geglückten Bild, bei der gelungenen Zeile, sondern besser erst am Ende und am Stück. Ich muß die Alten befragen, sage ich kleinlaut, wenn ich nicht weiterkomme, und mein Gedicht zieht einen Flunsch und ist beleidigt. Wie altmodisch, sagt mein Gedicht, immer diese Vorschriften und Vorwürfe! Schaff doch endlich etwas Neues aus dir und mir heraus, oder sind wir dir beide nicht einzig und gut genug dazu, sagt mein Gedicht und spreizt sich eitel auf meinem Schreibtisch.

Ich schreibe ein Gedicht, befrage also die Alten, aber Shakespeare bleibt hinter seinem Werk verschwunden oder schreibt gerade an seiner neuen Biographie (er will wieder einmal Francis Bacon gewesen sein), Dante läßt ausrichten, ich soll zur Hölle gehen, und Petrarca ist wie immer geheimnisvoll zweisilbig, Laura. Da siehst du es, sagt mein Gedicht und zeigt sich befriedigt. Nur du und ich.

Ich schreibe ein Gedicht, komme also an meine Grenzen, lauter persönliche Schlagbäume, private Zöllner, eingefleischte Zensoren, intime Wächterhäuschen und individuelle Drahtverhaue. Mein Gedicht will Schmuggelware, Konterbande, Spion und Agent sein, aber ich will, wie jeder in sich Einheimische, nur zögernd Fremdes oder Unbekanntes oder mir Ungünstiges an mich heran- oder aus mir herauslassen. Da setzt sich mein Gedicht mit einem Satz, mit einem Wort, mit einer Silbe, mit einem Laut über mich hinweg.

Ich schreibe ein Gedicht, befasse mich also mit Einzelteilen, um aufs Ganze zu kommen. Entdecke Kommas, die sich als Richter aufspielen und Sätze zu Nebensätzen erniedrigen; entlarve Doppelpunkte, die falsche Hoffnungen machen; brandmarke Ausrufezeichen als Hochstapler von Gefühlen und stoße auf Fragezeichen, die sich, Fragwürdigkeit heuchelnd, hinter unsägliche Sätze stellen; bringe den Gedankenstrich auf den Bettelstab, wenn er nichts davor hat und nichts dahinter; klage das Semikolon (und mich) der Unentschiedenheit an; lege mich mit den Bindestrichen wegen ihrer Harmoniesucht an, bestreite dem Punkt seine Endgültigkeit und komme auf Worte zu sprechen; weise einem Eigenschaftswort seinen schlechten Charakter nach; mache mich über die Kopflosigkeit eines Hauptwortes lustig; komme einem Wiewort auf die hinkenden Beine und verlese die Zeitwörter nach Anachronismen; lasse einem Fürwort die Pauschalität nicht durchgehen und sehe einem besitzanzeigenden auf seine Herkunft; meide Empfindungsworte (weil kein Schmerz- oder Glückslaut einem anderen gleicht) und versuche in den Umstandswörtern die Umständlichkeiten der Umstände und ihrer Veränderung zu erkennen; sichte die Artikel nach ihren geschlechtlichen Ungerechtigkeiten; nähere mich den Fremdworten freundlich, aber auf gut deutsch und komme endlich mit einem Satz zu meinem; mißtraue dabei den Hauptsätzen; verweigere Befehlsformen; versuche den Aufforderungssätzen die Gewalt zu neh-

men; überlege, Gedichte aus lauter Fragesätzen zu schreiben; heiße den Genitiv einen Fastfooddichter (die Lerche des Dichters / der Dichter der Lerche), nehme mir aber vor, alle Fälle auf alle Fälle anzunehmen, bis mein Satzrohbau bezugsfertig scheint. Dann gehe ich in das vorgesehene Musikzimmer und übe auf meinem onomatopoetischen Klavier Naturlaute oder spiele noch schnell auf anderen Instrumenten ein paar Homonyme, Homophone oder Homogramme durch. Bruchstücke, höhnt mein Gedicht, die er zu einer ganzen Arbeitsethik des Tüftelns stilisiert! Satzbastler, Wortkrämer, Silbenstecher, Konsonantenstapler und Vokalist, Buchstabentrimmer, Zeichensetzer, Zeilenbrecher, Reimschinder! Und: Wo bleibt der tragende Einfall als Vielfall und Vervielfacher, die Inspiration, der große Wurf? Da, sage ich, oder nirgends.
Ich schreibe ein Gedicht, lasse mich also von ihm beschimpfen, in den Wortmangel nehmen und unter Wortschätzen begraben und bleibe im Lande der Sprache und wehre mich schriftlich und redlich. Da erbarmt sich mein Gedicht und will es mir leichter machen und schiebt mir ein Zeitwort zu oder setzt mir ein Modehorn auf, schüttelt mir einen Reim aus dem Ärmel oder bricht mir ein Einfällchen zu zwei Zeilen, serviert mir ein verbales Schnellgericht, das leichtzüngig mundet, und wir haben beide verloren.
Ich schreibe ein Gedicht, muß also immer wieder von vorne anfangen. Es ist noch kein Meister aus einem Gedicht gefallen, sondern aus vielen, hämt mein Gedicht. Aber viele Lehrlinge hinein, füge ich hinzu und füge mich und lasse mich von meinem Gedicht zu Lebzeiten begraben. Draußen ist wahrscheinlich Sommer, die Menschen sind schön, und ich kann nicht mitsehen, mitgehen und mittun. Entweder

oder, sagt mein Gedicht und: Alles zu seiner Zeit. Jetzt oder nie, sage ich und will Gedicht Gedicht sein lassen und ins Leben entfliehen, was nur unvollkommen gelingt, denn mein Gedicht holt mich doch ein.
Ich schreibe ein Gedicht, bin also unterwegs mit ihm im Inland meiner Gedanken und Gefühle, um ins Ausland seiner Worte und Sätze zu kommen und umgekehrt und komme doch nie an oder zu Potte oder auf einen Begriff oder zum Ziel oder zum Schluß. Am Ende, sagt mein Gedicht, sind alle Punkte gelogen.
Ich schreibe ein Gedicht, also bin ich: Gutenbergs Dinosaurier, Liebling der abgesetzten Götter, Stubenhocker meiner Tat- und Tuwörter, Stadtstreicher der Verszeilen, immer selber schuld, Wortnarr und Satzidiot, von verbesserlichem Pessimismus, mit aussterbender Geduld, Museumswärter für Sonette und Restaurator von Elegien und Volksliedern ohne Volk, ich, und der Similaun-Mann.
Ich schreibe ein Gedicht, habe also viele geschrieben und muß mir am Ende undankbarerweise von allen, Freunden und Feinden, Lobern und Kritikern, Gedichten und Gedichten, anhören, ich hätte immer nur das eine gewollt. So ist es, sagt mein Gedicht und freut sich, wenn die Welt sagt: Nie im Leben! Das gibt's doch nie im Leben.

Ende des zwanzigsten Jahrhunderts

Die Dichter in den Bibliotheken sitzen
herum und warten, daß die Leser kommen
und jeder hat sein eignes Buch genommen
und hält es in den Händen, welche schwitzen
was vom Gedrängel kommt, die vielen Leute
sind Dichter, die sich in den Ort geschrieben
damit von ihnen bleibt, was Leute lieben
allein: Es kommen keine Leser heute
und Shakespeare geht um Böhmens Meer zu suchen
und Dante irrt durch den Bestand der Höllen
Villon schlägt vor mit allen satt zu völlen
und Brecht läßt wieder Schiffspassagen buchen
und Goethe hat sein Buch nach Haus genommen
das Licht gelöscht: Es wird nun keiner kommen.

Lebensmittel

Daß die Poesie ein Lebensmittel sei, ist eine wiederkehrende Behauptung der Poeten. Neruda hat davon gesprochen, »daß Poesie wie Brot ist und von allen geteilt werden muß«. Auch Novalis' Rede, daß alles geistige Genießen durch Essen ausgedrückt werden könne, ist von der Art und Baudelaires Diktum, daß ein Mensch sich wohl zwei Tage des Essens enthalten könne, der Poesie aber niemals, die ortsübliche Übertreibung.

Spötter verweisen nicht ohne Belege gern darauf, daß die Poesie zu allen Zeiten weder ihren Mann, noch ihre Frau, nährte, geschweige denn ihre Leser, und daß die Rede vom geistigen Lebensmittel der Poesie auf nichts mehr beruhe als auf der Absicht und dem Wunsch der Poeten, die eigene Ernährungsnot aufzuheben, indem man sie zur Tischtugend für alle erhebt.

Gedichte sind nicht eßbar, aber genießbar, und daß es Leute gibt, die auf dem Nährwert der Poesie bestehen, ständig neue auftischen und zum Tafeln laden, und daß es unentwegt, wenn auch wenige, Leute gibt, die Gaststätten der Verskunst, Lesungen, besuchen und hinterher sogar behaupten, sie hätten etwas davon gehabt, stellt die Frage, welcherart der Hunger ist, der die Leute nach Gedichten fragen und die Köche in der »Wörterküche der Poesie« (Valéry) kochen läßt.

Nicht ohne Zahlenmagie läßt sich feststellen, daß es sich um sieben Hungerarten (es gibt sie auch in fetten Jahren!) handelt, welche die literarische Art der Ernährung zu befriedigen trachtet. Es sind dies, in willkürlicher Reihenfolge, die Altgier, welche danach lechzt zu wissen, woher wir kommen; die Neugier, welche sich die Lippen leckt zu wissen, wohin wir gehen; die Wortlust, welche das Redewasser im Mund zusammenlaufen läßt; der Trauerdurst, den Marx einen Ausdruck der Selbstverwirklichung nannte; der Lachreiz, desgleichen; der Menschenkitzel, der sich vom Thema Nummer eins speist, und der Schönheitsappetit, der beim Zusichnehmen von Schönheit kommt.

»Das Traubenfleisch guter Gedichte« (Mandelstam) geht nicht durch den Magen, aber durch die Augen in den Sinn und unter die Haut, und daß Gedichte auch einen Ohrenschmaus bereiten können, ist nicht zu leugnen. Wenn sie denn einen Nährwert haben, mögen Gedichte Vitamine für die Sprache, Zellsäfte für Gefühle und Ballaststoffe für Gedanken sein. Nichtleser werden daran glücklicherweise nicht verhungern, aber mit der Beriberi in dem einen oder anderen ihrer Sinne ist zu rechnen.

Gedichte machen nicht satt, sondern öffnen für das Hauptgericht, das Leben heißt. Die besten machen vergessen, daß sie von Hungerkünstlern geschrieben wurden, wenn auch von solchen, von denen Dante gesagt hat, daß es ihnen »hungert nach dem rechten Maß«.

Notizen 4

Die buchstäbliche Stille, als die unschuldigen Worte aufgerufen wurden.

Der Irrtum: Andere Worte, und die Welt wäre anders.

Lauter Kassandras, voreinander warnend.

Wortwechsel: zehn verbrauchte gegen ein gutes.

Die Worte unter den dick aufgetragenen.

Soll und Haben: außer sich sein und ich sein.

Die Kunst, das Unvermeidliche zu fügen.

Zwischen den Zeilen: der Deus ex machina des Gedichts.

Nichts, das durch Poesie schöner würde, als es ist.

Immer an diese Stelle von Gottfried Benns Aufsatz »Probleme der Lyrik« kommen: »Worte, Worte – Substantive! Sie brauchen nur die Schwingen zu öffnen und Jahrtausende entfallen ihrem Flug«, und an Bombenflugzeuge denken müssen.

Die Biederkeit der Worte: Wenn sie nur eine gute Figur machen wollen.

Reine Ästhetik und schwarze Schimmel.

Gedichte, deren aufgespießte Worte an die Sammlungen seltener Käfer erinnern.

Die Angst des Gedichts, wenn ihm seine alte Verwandtschaft, die es nicht loskriegt, die Musik, ins Haus steht. Novalis hat sie gekannt: »Wenn man manche Gedichte in Musik setzt, warum setzt man sie nicht in Poesie.«

Die Kokotten des Ruhms weniger Leser.

Worte, welche die Runde machen und am Ende schwindlig sind.

Herr Waldemar oder:
Die Kunst des Epigramms

Herr Waldemar,
als sich die Aasfliege
auf seine Hand setzte:

»Bitte noch zweimal
um etwas Geduld!«

Unter den poetischen Künsten leidet das Epigramm am meisten unter dem Vorurteil, es sei kurz und darum leicht zu machen, dazu genüge schon ein guter Einfall, der, bei natürlicher Begabung, Gesundheit und entsprechender Mondphase, jedem einfällt. Tatsächlich handelt es sich bei diesem Vorurteil, wie bei allen anderen, um einen Flüchtigkeitsfehler, der eine kleine Form der Kunst mit Kleinkunst verwechselt und die Poesie mit ihrem Gegenteil, nämlich Leichtfertigkeit.

Im Gegensatz dazu stellt das titellose Epigramm des Malers Paul Klee, der zeitlebens ein lyrischer Dilettant, also ein Liebhaber von Gedichten war, und, wenn man sich nur seiner gleichnishaften Bildtitel erinnert – »Zwei Männer, einander in höherer Stellung vermutend, begegnen sich« –, ein Wissender in der Kunst, sich kurz zu fassen, dazu. Anders als jene schnellen Maulwürfe, die sich Epigramme nennen und nichts sind als zeilenversetzte Sprüche oder verkappte Aphorismen, die mit ihren Zeilenbrüchen angeben wie der Modegips beim Après-Ski, läßt Klees Gedicht wie alle besseren im Fertigen den Bauplan erkennen. Da dieser klassischen Einrichtungen folgt und widerspricht, ist die helle Freude, die Könner des Genres von Martial bis Lessing daran hätten, durchaus annehmbar.

Wenn wir nun wissen, daß sich seit Lessing in der Architektur des Epigramms, Herder und allen Professoren zum Trotz, wenig Nennenswertes getan hat – dafür sind von Goethe über Brecht bis zu den Neueren vorzügliche Epigramme gebaut worden –, können wir ohne Umschweife auf ihn und seine »Zerstreuten Anmerkungen über das Epigramm« von 1771 zurückgreifen, um damit auf die Qualität von Klees Entwurf zu kommen.

Wie in den Vorlagen bedient sich Klee des »belebenden« Elements der Anrede, eines Subjekts, nur daß seine Widmung weniger den Phyllinen und Belinden, Hinzen und Kunzen, sondern zeitgemäßer und asphaltnäher dem gassenhauerischen Herrn Waldemar gilt, in dem wir durchaus den späteren sogenannten kleinen Mann der Straße vermuten dürfen. Wie sich nach Lessingschem Maß ein Epigramm aus zwei Teilen, der »Erwartung« und dem »Aufschluß«, zusammensetzt, erregt in der Tat der erste Teil von Klees Notat unsere Aufmerksamkeit und stellt die Frage, wie die Person des Gedichts wohl auf das lästige Insekt reagiert. Der Aufschluß, den der zweite Teil des Epigramms gibt, ist so ungewöhnlich, daß wir wieder auf unsere Erwartung zurückgeworfen werden und erkennen, daß sich in der kleinen Geste eine größere verbirgt, daß von einer Lebenserwartung die Rede ist und die Aasfliege nur als der säkularisierte, ernüchterte wie ernüchternde und sarkastisch gefaßte Todesengel früher Zeiten und Gedichte fungiert. Das Denkmal, das Klee dem Lebensgefühl seiner Zeit setzt, ist, gemessen an älteren Menschenbildern, kleinlich, aber dem Selbstwertempfinden der Menschen in den Industriegesellschaften angemessen, wo sich das Moribunde mit dem Trivialen und das Triviale mit dem Moribunden ebenso massenhaft wie alltäglich mischt. Die Inschrift darauf sagt leise und ohne größere Hoffnung und in aller Skurrilität ein zaghaftes, bittendes Verweile-doch-du-bist-so-schön zum Leben. Daß dabei der lästige Todesbote nur »noch zweimal«, zwei wegwischende Handbewegungen lang, um etwas Geduld gebeten wird, zeigt, wie gering die Figur des Autors die Chancen des Individuums, seine Verweildauer, einschätzt. Das Epigramm wurde 1908 geschrieben. Sechs Jahre später waren die Aasfliegen unerbittlich geworden.

Sechsundzwanzig Dichter

A fällt ein Wasserfall von den Lippen. In Bs Mund nistet eine Lerche. C läßt seine Nerven klirren. D wickelt sich aus seinen langen Gedichten, ohne daß ihn je einer nackt sah. E malt die Sonne hoppheissa bei Regen und Wind. F hat jeden Morgen einen Kater für die Katz. G kann aus allen Sorgen eine Papierschwalbe falten. H versorgt uns aus demselben Grund mit Lachmöwen. I dressiert einen Fundevogel für verlorene Gesichter. J eröffnet ein Lebensmittelgeschäft für Vokale. K fällt sich rollevorwärts, rollerückwärts ins Worttrampolin. L hat eine Hackordnung für Petersilie erfunden. M vermietet Luftschlösser und Wolkenkuckucksheime. N kennt die Geschichte der tausendundzweiten Nacht. O regiert einen Sonnenstaat, aber nur einen Tag, P kann ihn mit seiner Utopie ablösen, R mit seinem Paradies. Q entdeckt immer ältere Quellen. S sitzt am Fluß und setzt immer neue Mosesse in Papierkörben aus. T verwandelt Elfenbeintürme in Elefanten. U fallen die Steine der Weisen nur so vom Herzen. V kann sich dergleichen aus dem Kopf schlagen. W schreibt nicht, schafft aber ständig Gelegenheiten für Gedichte und Romane. X ist nie beliebig. Y besticht den Tod mit Fersengeld. Z zaubert aus allen Buchstaben Zeus und die Kinder des Olymps.

Münchhausen liebt Rapunzel

Als Großvater das Weltmeer verprügelte
und Großmutter der Sonne die Augen ausstach
als mein Onkel die Bücher der Welt versiegelte
und meine Tante die zehn Gebote zerbrach

als meine Kusinen die Luft einzogen
und mein Vetter die Sterne zerschlug
als meine Brüder die Erdbahn verbogen
und meine Schwester die Städte wegtrug

da wußte ich: Nun geht was (aber was?) zu Ende
und auch ich nahm, was mir das Liebste war
und wir gaben uns noch einmal die Hände
und streichelten Häute und griffen ins Haar

und haben uns aus den Sümpfen ins Bett gezogen
als wäre die Liebe um ein Haar nicht auch gelogen.

Ein Tag

Schon am Morgen habe ich meinen Kopf verloren und kann mein Gesicht nicht wiederfinden. Mein Nachbar von gegenüber ermordet derweil sein Kind. Ich suche in meiner Küche nach einem Sinn und finde Rezepte. Mein Nachbar zur Rechten geht derweil zu seinem Prozeß als Altenpfleger. Auf dem Flur begegne ich Scardanelli, der sich Hölderlin nennt und raus will, aber den Schlüssel vergessen hat. Mein Nachbar zur Linken zählt derweil die gestohlenen Taschen. Ich setze mich ins Wohnzimmer und friere, weil die Bank meine vier Wände gepfändet hat. Mein Nachbar von unten wäscht derweil sein Messer. Ich wasche im Badezimmer meine Hände in Unschuld und hoffe, daß die Wasserwerke streiken. Sie streiken nie. Im Nachbarhaus wird darüber beraten, wieviel man noch aus den Nachbarhäusern herausholen kann. Ich entdecke im Kinderzimmer Teile von Atlantis, die ich weder bestellt noch bezahlt habe. Mein Nachbar vom Ende der Straße prügelt derweil seine Frau. Meine Frau kann ich nicht finden. Wahrscheinlich ist sie mit Scardanelli unterwegs oder mit Hölderlin davon. Einen Häuserblock weiter sterben meine Nachbarn an Krieg oder Unterernährung. Ich gelange nur mit Mühe ins Arbeitszimmer, finde aber meinen Kopf im Papierkorb zwischen den Zeitungen. Ich setze mein verlorenes Gesicht wieder auf, und meine bleichen Nachbarn sagen: Der hat sich aber gar nicht verändert.

Notizen 5

Zwei: Einer bin ich, und einer schreibt meine Gedichte. Einer zeigt Faust und Ellenbogen, und einer kommt mit drei Fingern um einen Stift durchs Leben.

Gedichteschreiben: Worte in die Enge treiben, damit sie sich wehren.

Ein Land, wo Worte als bare Münze gelten und als kostbar und die Leute sich darum reißen.

Lorbeerkränze aus Feigenblättern.

Klischees: Worte, die sich selbst vergessen haben.

Gedichte, die grundlos glücklich sind.

Das Wort Ozean in einer Pfütze finden.

Jeden Morgen zum Briefkasten und eine Gedichtzeile entnehmen, die man sich geschrieben hat.

Woran arbeiten Sie? Am Wie.

Das Jahrhundert begann damit, daß die Surrealisten zur Arbeiterbewegung fanden; wie, wenn es umgekehrt endete?

Katalogpoesie: Was der Leser bestellt, bekommt er auch.

Bäume in den Himmel wachsen lassen, aber die Bäume wollen nicht mit, und die Himmel sind zu.

In sich gekehrte Worte, stubenrein; die Welt ist schmutzig.

Ein Buch endlich in die Hand nehmen, das man sich immer schon vorgenommen hat zu lesen, und entdecken, daß sein Verfallsdatum überschritten ist. Sich betrogen vorkommen.

Von den Zetteln derer leben, die ihr Leben verzettelt haben.

Alles, was man schreiben will, steht auf einem anderen Blatt.

Nachtseiten, taghell

Die »Amerikanische Nacht« bezeichnet eine Filmtechnik, die es gestattet, Nachtaufnahmen bei Tageslicht zu machen. Der Vorteil ist eine gewisse Unabhängigkeit von Zeit und Raum, verlangt aber von den Beteiligten die Kunst, den Tag zur Nacht machen zu können, das heißt, sich den Nachtseiten bei nüchternem Tageslicht zu nähern. Daran wird man erinnert, wenn man sich auf die Poesie des Amerikaners John Linthicum einläßt, der Gedichte, außer in seiner Muttersprache, auch auf deutsch zu schreiben versteht. Was zuerst und buchstäblich ins Auge des Lesers fällt, sind die Lichtverhältnisse, die der Autor in seinen Versen zu arrangieren und handzuhaben weiß. Da gibt es kaum ein Gedicht, in dem nicht das Licht die Hauptrolle spielt oder in einer Nebenrolle die Stimmung beeinflußt. Die Beleuchtung der Menschen und Dinge, ihrer Innen- und Außenseiten, arbeitet mit »Blitzlicht«, setzt ins »Zwielicht«, nutzt das »gnostische Feuer einer Fensterrose«, nimmt die Scheinwerfer vom »Licht des Südens« und verfilmt einen »Pier schwimmend in der Sonne bei Limassol«. Es scheint, als habe sich der Autor für sich und für seine Gedichte den Satz zu eigen gemacht, den er einen alten Mann in dem Poem »Der neunzigste Oktober« sagen läßt: »Ich halte mich in Bewegung, um das Licht auszunutzen.«

Wo Licht ist, ist Schatten, »der eine Hälfte unseres Lichts

ist«, und so wundert es nicht, daß es Linthicums lyrischer Kamera mit ihren »unzähligen Prismen« auch um die Ausleuchtung unserer Dunkelheiten zu tun ist. Häufig bilden die Nacht und ihre Zustände – Schlaf, Traum, Nachtwachen – und ihre Grenzzeiten – die Dämmerungen, Sonnenauf- und -untergänge – den Sprachraum, in dem sich die Gedichte aufhalten. Es sind unsere täglichen Abblendungen, die den Autor interessieren: die Nachtseiten zwischen Männern und Frauen, »die Verdunkelung / und die Erleuchtung / der blauen Flecken«; die Nachtseiten zwischen den Generationen, »Mein Sohn, ein Fremder mit Haaren aus kalten Flammen«; die Nachtseiten zwischen den Lebenden und den Toten, »Eure Nacht bricht an, aber / alle sehen der Nacht ins Gesicht«. »In die Schatten eintreten«, so ein Gedichttitel aus Linthicums erstem deutschen Gedichtbuch »Flüchtige Landschaften«, ist denn auch das zweite Gebot, das der Autor sich gesetzt hat und dem er mit seinen poetischen Hommagen auf vergessene Tote und verlorene Lebende Nachdruck verleiht.

Daß die Gedichte, die Linthicum aus der Wirklichkeit von Tag und Nacht, Innen und Außen vor- und zurückspult, nicht schwarz-weiß geraten, verdanken sie dem dialektischen Denken des Wortregisseurs, der wohl weiß, wieviel Zerstörungskraft dem Licht und seinen Gedanken, der Aufklärung, innesein kann und allen vermessenen Versuchen, »den Tag nachtlos zu machen«. Von den unschuldigen »Geständnissen und Freuden eines Jungen«, der Sonnenstrahlen bündelt und mit dem Brennglas Heuschrecken tötet, bis zu dem schuldhaften »Hitlerischen Licht« spannt sich ein Lichtbogen zwischen zwei Gedichten.

Die Schwarzmalerei (seit Gryphius vom lyrischen Fach) ist

Linthicums Sache nicht (obgleich er sie beherrscht), dafür sorgt schon seine Sinnen- und Farbenfreude, seine Liebhaberei des Regenbogens, mit der er farbige Adjektive und die Adjektive der Farben in seinen Gedichten streut, wobei eine Vorliebe für die Rottöne des Lebens unverkennbar ist. Liebesgedichte sind der Ausweis der Poesie, und dieser amerikanische Poet kann sich auf deutsch mit sanften, zärtlichen, behutsamen Versen ausweisen, in denen die Liebe zur Natur etwas von der Natur der Liebe hat.

April

Wolken lassen nach: Sträucher
an den Terrassen schütteln sich und glühen.
Der Frühling hat gewartet gestreichelt zu werden,
so wie eine Göre, die ihr Kleid nicht leiden kann.
Das ist braun, dick wie der Winter, und die wenigen
sonnigen Tage haben kaum ein Loch hineingerissen.

Sie lächelt – weiße Kirschblüten
blühen zitternd auf – glauben aber kann der Junge
nicht daran, daß sie hellen Fingern erlauben wird,
ihre grünen Schenkel hinaufzugleiten.

Mit einem nervösen Blick zieht er seine Hand zurück,
und trotzig ruft sie den Regen herbei,
dessen Schläge auf die Kronen der Blütenblätter
wie die winzigen Hämmer eines Zahnarztes trommeln,
um ihren Schmerz durch Schmerz zu lokalisieren.

Linthicum ist ein Augenmensch, und das Sehorgan ist ein Hauptwort seiner Gedichte. Es ist ein poetisches Auge, von dem es nicht nur im Deutschen heißt, es lasse tief blicken. Es läßt uns, indem es uns die Augen anderer vorführt – die »wilden, ruhigen«, die »traurigen ohne Lider«, die »geschwollenen« (und den Blick vor »Offiziersaugen« und dem »dritten, blinden Auge« des Erschossenen nicht verschließt) –, in unser Gesicht sehen.
Wenn der amerikanische Lyriker Charles Olson das Gedicht als eine »Energiemenge« bezeichnet hat und von ihm verlangte, es habe »an jeder Stelle ein Energieentlader zu sein«, dann läßt sich von Linthicums Gedichten, gespeist aus Licht- und Schattenenergie (die es nur in der Poesie gibt), sagen, sie strahlen Gedanken und Gefühle, Erfahrungen und Hoffnungen in konzentrierter Form ab, bündeln sie bisweilen in der Art eines Fokus fast schmerzhaft und filtern sie durch die Linsen und Prismen einer unmodischen Ästhetik, in der sich das Verlangen nach sprachlicher Schönheit ausdrückt.

Der Eigensinn

Gedichte geben im allgemeinen recht wenig und im besonderen recht viel. Sie sind geizig, und wer etwas von ihnen haben will, muß sich um sie bemühen. Sie sind wie Geschenke*, die man mit Bereitschaft aufschnüren und mit Muße enthüllen muß, bevor sie einem zu denken und zu fühlen geben. Da die meisten Menschen auf das Direkte aus und mit weniger zufrieden sind, erklärt sich der Publikumsmangel und die Scheidungsrate.

Gedichte sind nicht zu fassen. Wer eben noch denkt, daß sie auf seiner Hand liegen, bemerkt fassungslos die Taube auf dem Dach. Wer sich hasenflink am Ziel wähnt, stolpert über ihre Igel. Wer sie in seiner Tasche glaubt, hat hinterher nichts im Sack. »Es ist mit den Versen wie mit manchen schönen Frauen, in denen Eigenart und Strenge sich verschmolzen haben: Man definiert sie nicht, man liebt sie« (Baudelaire).

Gedichte sind nicht unverständlich. Sie besitzen nur einen anderen Verstand. Es gibt Gedichte, die einen hereinbitten,

* Einspruch gegen den Vergleich von Gedichten und Geschenken: Man bezahlt Gedichte im allgemeinen. Abgesehen davon, daß eine Anzahl von Gedichten, die wir schätzen, überhaupt nie bezahlt worden sind, weil sie zu Lebzeiten ihrer Verfasser nicht erschienen, stellt sich die Frage, wer wirklich bezahlt. Gedichte sind Werke von Bankrotteuren. Ihre Erlöse stehen zu ihren Herstellungskosten in einem lächerlichen Verhältnis.

und Gedichte, zu denen man sich einladen muß. Nur »Ach und O sind zwei Gedichte, die jeder versteht« (Günter Eich).

Gedichte sind nicht unschuldig. Sie erinnern uns an ungetane Gedanken und nicht gelebte Gefühle. Sie lesen sich wie Bankauszüge unserer Seelen, und je mehr wir davon in unserer Brust haben, desto mehr erhöhen sie unser Schuldkonto und die Sucht nach neuen Auszügen. Gute Menschen haben keine Lieder, jedenfalls keine guten.

Gedichte sind nicht demokratisch. Ihre Verse leben auf eigenem Fuß und taugen nicht zu Kratzfüßen vor und nach Mehrheitsentscheidungen. Ihre Fähigkeit zum Kompromiß entspricht der von Kindern. Deshalb hört man sie auch öfters weinen oder lachen als andere Erwachsene. Das Auswiegen überlassen sie Marktfrauen und Marktmännern. Wenn sich die Poesie mit der Politik vergleicht, hinken ihre Haupt- und Eigenschaftsworte.

Gedichte sind ungläubig, wiewohl sie von gläubigen Menschen verfaßt oder gelesen sein können. Dann streuen sie allerdings und allerhand Zweifel unter ihre geneigten Leser und ihre geneigten Verfasser, und ihre sorgfältig gesetzten Kommas, Gedankenstriche und Fragezeichen haben schon manchen gesenkten Kopf aufgerichtet. Gedichte haben neben ihren eigenen auch immer andere Götter.

Lob der Inkonsequenz

Maischnee

Sie sagte nichts, als ich ihr offen sagte:
»Es hängt von mir ab, wenn ich wieder geh«
Ihr damit sagend, anstatt daß ich klagte
Wie gern ich sie besäh von Kopf bis Zeh.

Der Regen wärmte, als wir raschen Schrittes
Uns suchten einen Ort, daß dies gescheh.
Da sagte sie: »Nur dieses und kein Drittes:
Bis morgen oder bis zum ersten Schnee.«

Sie lag im weißen Laken und sie litt es.
Erst nach der ersten Frühe sprach sie: »Ach
Ich bin ein Haus mit siebenfachem Dach.«
Dann sahen wir: Es schneite. Sie bestritt es.

Ich merkte wohl: Es ist mit ihr was Bittres
Und war zum Gehen wiederum zu schwach.

Ein gutes Gedicht über die Liebe ist eines, das uns über die Unklarheit seines Gegenstandes im klaren läßt. Der Lyriker Karl Mickel, Jahrgang 1935, in der DDR aufgewachsen und aus ihr schreibend, bei uns weniger bekannt, als uns guttut,

hat, nicht nur in diesem Gedicht, einen gediegenen Sinn für das Nahrhafte der Liebe, den Widerspruch.
Die Begebenheit, die das Gedicht in Gang und Spannung setzt, ist gewöhnlich. Zwei, die nicht ohne Zuneigung sind, handeln die Bedingungen ihres Verhältnisses aus. Da die dargestellten Interessen und Vorstellungen sehr unterschiedlich sind, bewegt den Leser die Frage, wer wohl was durchsetzt und/oder welcher Kompromiß am Ende fault.
Mickel läßt uns nicht ohne Ironie an der Verhandlung teilnehmen. Die Darstellung der Personen geschieht mit historischer wie gegenwärtiger Distanz. Ihre Selbstdarstellung ist etwas einfältig und folgt darin älteren Vorschriften, wie sie etwa noch Schillers »Glocke« für das Verhalten von Männern und Frauen vorsieht. Hier wie dort findet üble Nachrede statt, haften an den Männern Ungestüm, Selbst-ist-der-Mann-Gebärden, Kraftmeierei, kleben an den Frauen die Etiketten Duldertum, Dauerwurst und Bindungssucht.
Der Dichter ist kein Richter. Er macht seinen Personen nicht den Prozeß. Er läßt sie sich selbst den Prozeß machen. So handelt das Gedicht vom Ungenügen der Liebenden und läßt es genug sein. Die Moral von der Geschichte ist eben die Geschichte.
Aber die Geschichte ist die einer Denunziation. Denunziert wird ein im Deutschen bis zur Furchtbarkeit sehr geehrter Begriff, die Konsequenz. Und ihre undialektische Handhabung. Denunziert wird ihr Harmoniebedürfnis, ihr ständiges Mit-sich-in-Wort-und-Tat-in-Einklang-sein-Wollen, ihre Widerspruchsfreiheit, letztlich ihr Unrealismus. An diese Erörterung privater Angelegenheiten lassen sich gut und unschwer tagespolitische, öffentliche anschließen.

Schließlich zählen zu den Vorzügen jeglicher Politik die Kunst und die Fähigkeit zu Rückzügen.
Mickels Gedicht ist eine Warntafel. Es meldet starken Zweifel an, daß die, die immer stolz und konsequent handeln oder glauben, es zu sein, sich und anderen guttun. Es räumt der als Schwäche und Opportunismus verrufenen Inkonsequenz die Kraft zum Überleben ein. Und nicht nur: auch die List zum Erkennen der Wirklichkeit. Grau, so stellt das Gedicht fest, sind alle Theorien, Rollen und Selbststilisierungen, und grün ist des Lebens Baum, jedenfalls solange sich daraus noch Bettstätten herstellen lassen.

Spitzweg

Armer Poet: Von wegen! Dies ist das Land, wo H-Milch und Kunsthonig fließen. Wer Poet ist, hier kann er's sein. Der Pegasus ist kein Einhorn, und Kunstreiter gehen landesweit zwölf auf ein Dutzend. Die Muse küßt und küßt und erhält auf Antrag Labello-Stifte von jedem örtlichen Kulturamt. Es ist schwer, nicht zum Parnaß getragen zu werden. So weit das Auge reicht, Lorbeerwälder, die für einen ökologischen Kreislauf der Poesie sorgen. Schon mehren sich die Unfälle der unter den Füllhörnern Begrabenen. Stipendiaten kommen immer häufiger als Stipendiaten zur Welt. Jurys beherrschen die Kunst, in die Wiegen zu singen. Wem Gott ein Gedicht gibt, dem gibt er auch ein Stadtschreiberamt. Literaturhäuser und Luftschlösser schießen wie Künstlerdörfer aus dem Boden. Goethegroschen liegen auf der Straße. Wer sich bückt, kann leicht einen Kotzebue-Hunderter davontragen. Vorsicht Preisverleihung! steht auf den Wegetafeln der Rathäuser. Wer sich noch ungepriesen in seiner Dachkammer wähnt, hat nur noch nicht alle Pokale im Wandschrank, und es ist nur eine Frage der Zeit, bis ihn der Preis der Ungepriesenen, eine besondere Auszeichnung des Landes, ereilt.

Notizen 6

Dieses Gedrängel unter den größten lebenden Dichtern!

Er erfand Klassiker, um mehr Zitate zur Verfügung zu haben.

Wer mit Herzblut schreibt, dem ist mit dem Rotstift schwer beizukommen.

Das Ausbleiben von Weltuntergängen als Berufsschädigung.

Wortkostüm: Der Arbeitslose spielt einen Freigesetzten.

Etwas, das Bände spricht, in einer Zeile.

Worte hören, die unter dem Joch des Satzes stöhnen.

Der Druckfehler als Autor.

Der Vielversprechende: »Sein Anfang als Dichter in Deutschland versprach doch einiges, ein Gedicht war in Walter Höllerers legendärer Anthologie ›Transit‹ erschienen.«

Wortleichen, die nach ihrer Vorstellung im Gedicht wieder lustig aufstehen.

Die Neigung zu Tiefsinn, selbst da, wo Tiefe keinerlei Sinn macht.

Die Einbildung, das letzte Wort zu haben, und immer stellt es sich nur als der letzte Schrei heraus.

Worte, die sich mit fremden Federn schmücken, Eindeutschungen.

Gedichte wie Hometrainer-Geräte: Sie imitieren ein Fahrrad, mit dem man nicht vom Fleck kommt, sie erinnern an ein Ruderboot, das einen nicht weiterbringt, sie gleichen Maschinen, die nichts produzieren außer den Muskeln des Autors.

»Lü-Ricker« (Brinkmann) und »Allüriker« (Bierbaum).

Mein Café

An Abenden, da der Welt nichts Besseres einfällt, das ist oft, suche ich das Café der toten Dichter auf, eine Lokalität, die es überall gibt, auf dem Lande, zu Wasser und in der Luft, und die wegen ihres Stimmenlärms – ständiges Hoch- und Niederrufen vermischt mit Gläserklirren – nicht zu verfehlen ist. Meistens läßt sich schon beim Eintritt (es gilt die Lektüre von zehn Gedichten vorzuweisen) erkennen, worum es geht, diesmal wieder einmal um den Sinn und den Unsinn der Poesie, und ich setzte mich an einen der hinteren Tische, wo sich das lebhafte Geschehen der Toten besser beobachten läßt als mittendrin.

Natürlich sprechen alle durcheinander, und an widersprechenden Richtigkeiten herrscht kein Mangel. Wer zum erstenmal da ist, mag alle Hoffnungen auf Haltbarkeiten, Regeln, Gesetze, Rezepte und Gebrauchsanweisungen fahrenlassen. Es ist, als setze sich das Sein der Poesie, das die Früheren als eine »schöne Unordnung« beschrieben haben, im Bewußtsein der Poeten fort. In dieser Gesellschaft liegt man sich gern in den Haaren, um sie zu spalten oder gar unehrenhaft ganz abzuschneiden, allein an Samsons herrscht von Zeit zu Zeit ein Mangel, was dazu führt, daß sich die anwesenden Delias untereinander am literarischen Frisier- und Friseurhandwerk versuchen und sich gütlich und ungütlich tun.

»Was ist ein Gedicht?« rief Karl Gutzkow in die Runde und gab sich, wie in diesem Kreise nicht anders zu erwarten, sogleich selbst die Antwort: »Ein Gedanke, der sich klar werden will.« »Ein Spiegel, in dem man sich selbst anschaut«, gab Herwegh zum besten. »Ein Zustand der Geisteskindheit«, höhnte Heine dazwischen. »Der reine vollendete Abdruck einer interessanten Gemütslage eines interessanten vollendeten Geistes«, dozierte Schiller ungerührt vom Gelächter, das unaufhörlich von einem Ecktisch herüberdrang, aber nicht ihm galt, sondern dem abwesenden Herrn von Goethe, den, so war zu vernehmen, ein Spottvers von Lenz verstimmt und vertrieben hatte. Später sollte es sich herausstellen, daß der Vers gar nicht von Lenz gewesen war, sondern dieser hatte nur eine Strophe aus Goethes Gedicht »Der Sänger« rezitiert, diese aber immer wieder und ohne Ende, was von den umsitzenden Bürger, Büchner, Grabbe und Günther und dem junggestorbenen Dichter Ronald M. Schernikau mit Gekicher und Gewieher, Gepruste und Gegluckse begleitet worden sei, was Goethe bei seinem Abgange zu der Bemerkung veranlaßt haben soll, daß offenkundig homerisches Gelächter und homerisches Schreiben zweierlei seien.

»Die Poesie«, meldete sich Friedrich Hebbel zu Wort, »soll das Menschenherz seiner schönsten, edelsten und erhebendsten Gefühle teilhaftig machen.« Brecht, dem die Gefühlsgestimmtheit und Gefühlsbestimmtheit der meisten Beiträge gegen den Geist ging, drängte es nun doch zu einem seiner berühmten abschließenden Sätze, und er dekretierte: »Ist das lyrische Vorhaben ein glückliches, dann arbeiten Gefühl und Verstand völlig im Einklang. Sie rufen sich fröhlich zu: Entscheide du!« Was Lenz unwiderruflich zu einer erneuten Rezitation der Goethe-Strophe veranlaßte:

Ich singe, wie der Vogel singt,
Der in den Zweigen wohnet,
Das Lied, das aus der Kehle dringt,
Ist Lohn, der reichlich lohnet.

Das Gelächter am Ecktisch war homerisch.
»Was ist ein Gedicht? Kann Kunst die Welt verändern? Welches ist die Natur des schöpferischen Aktes? Ich weiß es nicht«, sinnierte Enzensberger unverdrossen vor sich hin, als er es noch nicht wußte, änderte aber im Laufe des Abends seine Meinung und schrieb inmitten des Lärms und Geschreis unbeeindruckt ein Gedicht. »Lyrik ist überflüssig, unnütz, wirkungslos. Das legitimiert sie in einer utilitaristischen Welt«, notierte derweil Günter Eich auf einem Blatt, zeigte es aber keinem. Dann rief er plötzlich und völlig unvermittelt »Ein Gedicht hat etwas von der Absichtslosigkeit eines Naturphänomens« in den Raum, was den Dichter Schernikau, weil es ihm nicht genug war, nicht ruhen ließ, so daß er aufstand und in Eichs Richtung behauptete: »Wer es schafft, die noch nicht Toten daran zu erinnern, daß sie leben wollen, der macht Kunst.«
Zu später Stunde sah man dann Brecht und Benn zusammensitzen und melancholisch über die Wirkung von Gedichten reden. »Damit«, sagte Brecht trotzig, »ist man aber ein besserer Mensch geworden, ein genußfähigerer, feiner empfindender Mensch, und dies wird sich wohl irgendwie und irgendwann und irgendwo zeigen.« Benn verzog über so viel irgendwie und irgendwann und irgendwo den Mund,

räumte aber nach einer Pause dann doch ein, daß die Poesie »auf entsprechend Eingestellte als Zauber wirkt und sie befähigt, diesen Zauber weiterzugeben«. »Heroen«, murmelte Novalis dunkel, »das Gedicht ist für Heroen, es macht Heroen«, wobei nicht auszumachen war, ob die Dunkelheit von seinem Murmeln oder von seinem Satz rührte.
Ich verließ das Café in dem Moment, da die Poesieverwirrung der Dichter babylonisch und ihre Verbrüderung olympisch zu werden drohten.

Reinigungszwänge

Die Leichenwäscherin ist tot

Die Leichenwäscherin ist tot
Wer wäscht denn jetzt die Leichen
Wer malt ihnen die Lippen rot
Die in der Frühe bleichen

Wer wäscht die Toten kämmt ihr Haar
Das ist durchaus vonnöten
Wer bricht ihnen die Finger gar
Daß sie noch einmal beten

Kein Mensch geht gern ins Leichenhaus
Bei keinem Wind und Wetter
Die Toten sehn so seltsam aus
Wie kalt und weiße Bretter

Wie Schnee der in der Sonne taut
Mit seltsam schwarzen Flecken
So kalt ihr Fleisch so gelb die Haut
Daß wir davor erschrecken

Die Leichenwäscherin ist tot
Wer wäscht denn jetzt die Leichen

Wer malt ihnen die Lippen rot
Die in der Frühe bleichen

Am Mittag geht ein lauer Wind
Wie soll das bloß noch enden
Wer wäscht wenn wir gestorben sind
Das Blut von unsern Händen.

Eine Moritat lesen und hören wir gerne, weil sie uns das geschätzte Vergnügen bereitet, nicht betroffen zu sein. Tränen und Rührung sind dabei keine Gegenargumente. Wir können nämlich schön sicher sein, daß die Nachricht, daß und wie es einen »erwischt« hat, uns angenehm signalisiert, daß wir noch einmal davongekommen sind. Uns macht die Moritat – moderner: die Unglücksnachricht – zufrieden wie jene sanktflorianische Heiterkeit, die uns gelegentlich bei Bränden, bei Leichenfeiern und beim Lesen der Zeitungen befällt.

Nun hat es gerade Kurt Bartschs Moritat darauf angelegt, uns derart in unser Unglück – soziologisch: in unsere Todesriten – hineinzuziehen, daß wir uns vor uns nicht mehr drücken können und uns am Ende der Appetit auf uns ziemlich vergeht.

Wie schafft er das? Ganz listig, indem er uns ohne Umschweife die Vakanz einer Stelle meldet, die wir bis dato besetzt und in den guten Händen von Takt und Pietät unserer Zivilisation wähnten, nämlich unseren Umgang mit dem alltäglichen Tod und den alltäglichen Toten, ein Umgang, der mehr dem Umgehen ähnelt.

Wir bemerken bei der Lektüre: Leichenwäscher sind wir alle, ob aus Gedankenlosigkeit oder im Namen einer Geschäftsidee, ob aus Staatsräson oder im Namen eines Volkes oder einer Klasse, einer Rasse oder eines Geschlechts, ob aus Angst oder schlicht nur aus Selbstschutz vor dem Wahnsinn, der uns unweigerlich befallen würde, nähmen wir die unendlichen sinnlosen Tode, deren wir an jedem Tag teilhaftig werden, ernst.

Es gehört zu den Lustbarkeiten unseres infantilen Lebens, den Tod zu verdrängen, wo immer es geht, ihn zu verharmlosen, wo er uns nahe kommt, und es ist nachgerade zur Kunst geworden, ihn zu verschönen und zu schminken, wie wir allabendlich aus unseren Kinos, Theatern und vor dem Fernseher wissen. Die Leichen in unseren Kellern sind natürlich immer die von anderen.

Wenn wir den Tod wahrnehmen, dann nur, wenn wir nicht anders können oder wenn er uns zur Aufwertung unserer Interessen, unserer Ziele, unserer Ideen, unserer Parteien, unseres Lebens und unseres Portemonnaies dient. Bewirtschaftung der Toten hat der Philosoph Peter Furth unseren Verkehr mit dem Tod genannt, ein böser Ausdruck für den Eindruck, eine Art Beerdigungsunternehmer ohne Gewerbeschein zu sein. Man braucht nur eine der landesüblichen Gedenkfeiern zu besuchen oder einen verordneten Volkstrauertag über sich ergehen zu lassen, um zu erfahren, wie wir unsere Toten abrichten. Dann dürfen sie mahnen (natürlich die anderen), dann dürfen sie erinnern (natürlich an das, was wir schon wissen), dann dürfen sie sprechen (natürlich unseren Text).

Man mag gegen das Gedicht einwenden, der Autor habe sich im Ton vergriffen, der Gegenstand sei zu ernst, als daß ihm mit moritatenhaften Mitteln, Holpersprache, klischierten Bildern, freiwillig-unfreiwilliger Sprachkomik beizu-

kommen wäre. Auch entspräche die (wenn auch gespielte) Naivität nicht dem Bewußtseinsstand unseres Jahrhunderts. Aber was, wenn diese gespielte Naivität – gleich: vorgegebene Unschuld und eingebildetes Wissen – der allgemeinen Unbeholfenheit vor dem Thema entspräche?
Das Gedicht ist so trostlos wie alle Kunst, die, unsere Art betrachtend, nichts besser weiß als Trauer. Das ist das Tröstliche. Das Untröstliche ist, daß wir bemerken, mit oder ohne Leichenwäscherin, daß wir längst vom Fach sind. Blutbäder als Reinigungsverfahren und Unschuld als Waschmittel sind schließlich unsere Erfindungen. Besetzungsschwierigkeiten wird es mit uns nicht geben. Oder doch?

Thersites

Thersites sein und zu nichts nütze
wo andere nach Meeren schrein
da lobt er sich die Pfütze

wo andere die Morgen loben
da jeder seines Glückes Schmied
lobt er das Schwein im Koben

wo andere die Kälber treiben
zum goldenen und seinem Tanz
lobt er das Sitzenbleiben

wo andere nicht älter werden
und ihre Häute faltenfrei
lobt er seine Beschwerden

und trägt nicht einmal eine Mütze
wo man sich auf die Hüte schlägt
lobt er sich zu nichts nütze.

Immer mehr

Immer mehr Seiten zerrissen.
Immer mehr Leben verschlissen.
Immer mehr Menschen verloren.
Immer mehr Tode geboren.

Immer mehr Tränen begraben.
Immer mehr, was nicht zu haben.
Immer mehr, was nicht geschehen.
Immer mehr, was nicht zu sehen.

Immer mehr Wahrheit und Lügen.
Immer mehr, was nicht zu fügen.
Immer mehr Trost bei den Alten.
Immer mehr, was nicht zu halten.

Notizen 7

Worte als Einzelgänger: Kommen andere hinzu, verbergen sie ihr Inneres.

Weltsprache: das Esperanto der Waren- und Markennamen.

Worte, die zunächst nur um einen Platz im Gedicht bitten, die man danach aber nie wieder loswird.

Unaussprechliche Worte, die sich am schnellsten herumsprechen.

Poesie: Der Welt ein Gesicht wahren, das sie nicht hat.

Flattersätze, als wollten sie ihre Worte abschütteln.

Die Kunst, Worte auf Stellen lesen zu können.

Im Dichtergarten: Immortellen, Lorbeer, Feigenblätter und vor allem Unkraut, Unkraut, Unkraut, bevor es verschwindet und gänzlich aus der Welt kommt.

Die Einsamkeit der vielsagenden Worte und die Versammlungen der anderen.

Worte, die sich dumm stellen, um überall anzukommen.

Schreiben: den Worten abverlangen, was sie von sich aus nicht hergeben.

Er fütterte seine Gedichte mit Gedichten, bis sie zutraulich auf die Namen Goethe und Rilke, Brecht und Benn hörten.

Gedichte als Auslegware. In den Feuilletons: meistdeutende Versteigerungen.

Seifenpoesie: Man kann sich mit ihr die Hände saubermachen. Sie wird nach Gebrauch kleiner.

Das Gedicht, dessen Abwesenheit als Dumpfheit in uns spürbar wäre.

Gedichtsprache

Gedicht und Sprache sind sich in ihrem Egoismus spinnefeind. Man kann sagen, daß die Sprache der Sprache liebt, was die Sprache des Gedichts haßt, und umgekehrt. Die Sprache führt sich am liebsten wie ihr ungezogener großer Bruder, das Sprechen, auf. Sprache schlunzt gern, neigt zu jeglichem Opportunismus, verkürzt sich aus Faulheit, verspricht sich bis zur Bewußtlosigkeit, verschleift sich aus Gleichgültigkeit und macht sich aus demselben Grunde platt, verdunkelt sich aus Denkunlust oder liebt es, sich ahnungslos zu geben, und gibt sich gern als naturgegeben aus, sie spricht dann »wie ein Wasserfall«. Sprache weiß, wovon sie spricht, jedenfalls glaubt sie es. Ihre Lieblingswörter heißen ›klar‹, ›eindeutig‹, ›selbstverständlich‹ und ›genau‹, und das um so energischer und in beschwörender Absicht, wenn das Gegenteil der Fall ist. Sprache ist nie sprachlos, ihr fehlen nie die Worte. Ist sie sprachlos, schwätzt sie um so mehr.

Das Gedicht dagegen muß erst seine Sprache finden. Das Gedicht übersetzt die vorhandene Sprache in seine, indem es sie um- oder nachdichtet, zusetzt oder abstreicht. Es zweifelt, ob die Gegenstände ihren Worten entsprechen oder die Worte ihren Gegenständen. Das Gedicht nimmt es mit beiden genau. Seine Genauigkeit ist das Wörtliche und das Buchstäbliche. Was sich von selbst versteht, ist nicht von poetischem Interesse, das Mißverständnis, daß sich etwas von selbst verstehe, schon.

Das Übersetzen der Sprache in die Organisation eines Gedichts ist der bekannten Denksportaufgabe vom Fährmann, der Ziege, dem Wolf und dem Kohlkopf nicht unähnlich. Paßt man nicht auf, wird das Gedicht von der Sprache gefressen oder die Sprache vom Gedicht. Ein von der Sprache gefressenes Gedicht nennt sich bisweilen Text, Konstellation oder Struktur, kann aber über seine Unsinnlichkeit nicht hinwegtäuschen. Eine vom Gedicht gefressene Sprache nennt sich bisweilen Sonett oder Ode, kann aber auch nicht vom Knarren und Klappern ihrer mechanischen Muster und Rituale ablenken.

Wenn in der Sprache die Welt in der Form von Worten zu einer relativen Ruhe gekommen ist (und welch eine trügerische Ruhe strahlt zum Beispiel das Wort Haus aus, das nicht nur seine unterschiedlichsten Gegenstände enthält, sondern auch widerstreitende Gedanken und Gefühle wie Besitzer und Besitzlose, Heim- und Fernweh, Gemeinsamkeit und Einsamkeit), so erhält im Gedicht die Welt wieder ihre Unruhe zurück. Es ist die Kunstfertigkeit des Autors, das Es-ist-so-wie-es-ist der Sprache an dem Was-wäre-wenn-es-so-wäre des Gedichts zu reiben, bis die Funken der Gedichtsprache uns entzünden. Gedichte sind das Ergebnis von Gesprächen, die der Dichter mit der Sprache der Sprache und der Sprache des Gedichts geführt hat. Am Ende wird der Leser in einer Sprache seiner Sprache angesprochen, die ihm so nicht geläufig war.

Notizen 8

Worte, die nur getrennt leben können, um sich zu lieben.

Worte, die sich vor dem Leser nackt ausziehen.

Blinde Worte, hintereinander, und eins fällt über das andere.

Worte als Bauchredner: Sie verziehen keine Miene, wenn sie sprechen.

Von sich selbst ergriffene Worte, die nichts mehr herausbringen.

Worte, die den Worten aufs Maul schauen.

Offene Worte, verwundete.

Worte, die außer sich geraten, in andere Worte.

Worte als Ausreden für Worte.

Worte, die beginnen, wo sie wortwörtlich aufhören.

Worte, die schneller sind als gedacht.

Höfliche Worte, die dem Leser den Vortritt lassen.

Worte wie Marionetten, man sieht ihre Drähte.

Pessimistische Worte, die, bringt man sie nur unter ihresgleichen, sofort optimistisch werden.

Worte, die anderen Worten das Wasser abgraben; diese vertrocknen auf der Stelle.

Worte, die Worte wechseln.

Worte als Epigonen von Worten von Epigonen.

Worte, die, kaum gesetzt, zum Sprung ansetzen.

Worte, die einem eine Versicherung nach der anderen aufreden.

Worte mit Weltverbesserungsfieber.

Nachtwächterworte, die immer wissen, was es geschlagen hat.

Brennende Worte, die nur sich selbst entzünden.

Worte, auf denen Erbschaftssteuern liegen.

Selbstmörderische Worte, die immer Schluß machen wollen.

Mikroskopische Worte, Buchstaben.

Sterbende Worte, die verzweifelt neue Vokabeln büffeln.

Sprachgewalt: nichts als Worte.

Karneval

Ich gehe als Gedicht, verkündete die Prosa und ging ins Leihhaus, wo sie sich mit Zeilenbrüchen, Wortumstellungen und den Weihen und Reizen der Wiederholung versah. »Tänzerisch, sagt der Klumpfuß«, notierte der Doktor Benn in der Maskenjury. Stimmung, rief die Stimmungslyrik und: Irgendwie bin ich, also bin ich, wie ich bin! Und warf ihre Herzchen wie Konfetti in die Menge und ihre Seelchen wie Luftschlangen und blies in eine Betroffenheitströte. »Melodiös das Ohrenschmalz«, notierte der Doktor Benn in der Jury. Ich gehe als Gedicht, entschloß sich die Sache, die Sache war und sich so ansagte. »Der Propagandaminister setzt sich zur Lyrik in Beziehung«, notierte der Doktor Benn. Ich gehe als Gedicht, schrie der Schrei und: Weg mit den Formalitäten! Und gab sich als letzten aus. »Pathos einer Wasserleiche«, notierte Doktor Benn. Wir gehen als Gedicht, beschlossen Wortgrafik und Lettraset, und Benn notierte wiederholt »Fisches Nachtgesang«. Um Mitternacht war Demaskierung, und der Doktor Benn wurde endgültig aus der Jury geworfen, weil er als Dichter entlarvt war. Alle Preise fielen an die Anwesenden. Derweil ging die Poesie als Aschenputtel in die Küche und sortierte die Guten ins Töpfchen und die Schlechten ins Kröpfchen und erfand sich ihre Prinzen selber. Benn trank noch ein Bier und schrieb einen Brief an Oelze.

Gedichtelesen

Die Sprache der Dichtung ist in allen Sprachen eine Fremdsprache. Sie bedarf einer Übersetzung. Die Übersetzung der Dichtungssprache in die eigene des Lesers heißt Interpretation. Wie bei allen Übersetzungen gibt es gute und schlechte, aber keine richtige. Der Leser liest in Wahrheit keine Gedichte. Er dichtet sie nach. Dabei füllt er den Raum, den ihm die Gedichte zwischen ihren Zeilen und ihren Worten lassen, mit seiner Phantasie. Gute Gedichte lassen sich nie ausfüllen. Gute Leser dichten hinzu. Den Gedichten macht das nichts aus. Goethes Hohn, den Kritikern zugerufen – »legt ihr's nicht aus, so legt was unter« –, geht an der Sache des Gedichts und der Leser vorbei. Natürlich lebt ein Gedicht von Unterstellungen, üblen Nachreden ebenso wie von guten. Umstrittene leben in der Poesie länger, und die Unumstrittenen, die man klassisch nennt, haben nichts mehr zu fürchten als ihre Unumstrittenheit. Dann wird das Unumstrittene zu Tode wiederholt, denn das Unumstrittene und die Wiederholung sind Schwestern und geben gerne Schulbücher und Anthologien heraus. Zum Glück der Gedichte haben der Überdruß und die Langeweile wehrhafte Kinder. Sie heißen Parodie, Travestie und Verballhornung. Sie sorgen, indem sie sich an den Unumstrittenen reiben, für deren Überlebensfunken.

Nähert man sich einer Ansammlung von Gedichten, sind

ein bequemer Sitz (Gedichte sind schon das Gegenteil) und eine Ablagemöglichkeit nützlich. Gedichte sind untereinander unverträglich, jedes will für sich genommen sein, jedes will sich vor die anderen drängen und vorstellen, jedes beansprucht ein Nachdenken, ohne daß ihm das nächste in seine Worte fällt. Auch empfiehlt sich der Gebrauch von mehreren Lesezeichen: eines, das anzeigt, wie weit man gekommen ist, einige, die anzeigen, wo man nicht weitergekommen ist, und andere, die anzeigen, wohin man wiederkommen will. Gedichte sind nachtragende Gestalten und verzeihen nichts weniger als flüchtige Lektüre. Dann bauen sie sich vor dem Leser auf wie Kafkas Torwächter und bestrafen ihn mit Unzugänglichkeit.
Hat man derartige Vorbereitungen getroffen, wobei die Bereitstellung von anderen Genußmitteln nicht ungehörig ist, ist die Lektüre von Gedichten ein Kinderspiel, das an Vergnügen seine buchstäblichen wie beliebteren Vettern Scrabble und Kreuzworträtsel weit übertrifft. Gedichte sind Wortzocker, Satzzauderer, Versmagier, immer ein bißchen im Zwielicht, immer riskant, immer mit hohem Einsatz, aber wie alle Profis nie leichtsinnig. Gedichte spielen, selbst wenn sie Ernst machen, und selbst wenn sie als Spielverderber erscheinen und die Regeln verletzen, spielen sie doch nur mit sich und dem Leser ein altes Spiel. Es heißt: Ich seh, was du nicht siehst.
So mag der Leser von Gedichten nun allein gelassen werden. Er wird es nicht sein: Gedichte sind gesprächig.

Zum Verrücktwerden

Der Wahnsinn

Sie muß immer sinnen: Ich bin ... ich bin ...
Wer bist du denn, Marie?
  Eine Königin, eine Königin!
  In die Kniee vor mir, in die Knie!

Sie muß immer weinen: Ich war ... ich war ...
Wer warst du denn, Marie?
  Ein Niemandskind, ganz arm und bar,
  und ich kann dir nicht sagen wie.

Und wurdest aus einem solchen Kind
eine Fürstin, vor der man kniet?
  Weil die Dinge alle anders sind,
  als man sie beim Betteln sieht.

So haben die Dinge dich groß gemacht,
und kannst du noch sagen wann?
  Eine Nacht, eine Nacht, über eine Nacht, –
  und sie sprachen mich anders an.
  Ich trat in die Gasse hinaus und sieh:
  die ist wie mit Saiten bespannt;
  da wurde Marie Melodie, Melodie ...

und tanzte von Rand zu Rand.
Die Leute schlichen so ängstlich hin,
wie hart an die Häuser gepflanzt, –
denn das darf doch nur eine Königin,
daß sie tanzt in den Gassen: tanzt! ...

Die Poesie zählt zu den Künsten, die ihre Verwandtschaft zu Wahnsinn und Einbildung nicht verleugnen. Shakespeare sah im »Sommernachtstraum« das Dichterauge »in schönem Wahnsinn rollend«, und auch Herder und Tieck haben vom »schönen Wahnsinn des Dichters« gesprochen, Wieland fand ihn »hold«, Jean Paul »selig« und Goethe »gefällig«. Bei so viel Schönseherei der eigenen Manie wundert es nicht, daß die Dichtkunst schon früh auch ein Auge auf fremden Wahnsinn geworfen hat. Kinder- und Narrenmund tun Wahrheit kund, sagt das Sprichwort und enthält gleichzeitig das poetische Interesse und sein Vernarrtsein in alle Erscheinungen der Sinnverrückung. »Der Verrückte«, bemerkte Kant, »ist also ein Träumer im Wachen« und hat also auch umgekehrt sehr viel mit den Wachträumern und Wachträumen der Poesie gemein.
Dichter, welche die Stimme ihrer Poesie anderen leihen, geraten leicht in den Verdacht der Unlauterkeit. Wer borgt, erscheint nicht ganz uneigennützig und kommt ins Zwielicht: Will da einer als Gegenleistung das Elend als Kunstfarbe borgen und zur Schau stellen? Zeigt da jemand mehr seine Fähigkeit zu Mitleid vor als das fremde Leid und macht sich auf Kosten der Mühseligen und Beladenen ein gutes Gewissen? Die Schimpfworte und Verrufworte sind danach und reichen von Arme-Leute-Poesie über Gossenromantik bis zum saueren Kitsch.

Nun ist das Gedicht eines Autors alles mögliche, nur nicht selbstlos, und wenn einer in der Lyrik eine andere Figur macht, dann fällt das Licht, in das er sie stellt, auch auf den Autor. Noch im entferntesten lyrischen Ich findet sich das Ich des Lyrikers, und wer fremde Stimmen imitiert, imitiert auch ein Stück von sich. Nun kann, wer den Leuten auf das Maul schaut, ihnen nachplappern, ihnen Grimassen schneiden oder einen Mund zurückgeben. Rilkes Gedicht tut letzteres.

»Denn Armut ist ein großer Glanz aus Innen«, heißt es in einem anderen Gedicht des Autors, und der Merkvers hat unter Rilke-Verehrern und Rilke-Verächtern die Runde bis zum Schwindel gemacht. Aus dem Zusammenhang der Gedichte gerissen, redet der Vers leicht der Putzigkeit, Verniedlichung und Verherrlichung von Leid das Wort und unterschlägt, daß sein Autor die Armen, »gegeben unter hundert Quäler«, durchaus »entwürdigt«, »gezeichnet« und »entstellt« sah. Wer einen Gedichtzyklus »Das Buch von der Armut und vom Tode« nennt, weiß, indem er demonstrativ zwei Begriffe verbindet, daß Elend und Armut Zeitverkürzung und Zeitverschwendung, »ungelebtes Leben« bedeuten.

Das Gedicht verbindet mit dem Irrsinn seiner Person den Irrsinn einer Welt. Die Wahnsinnige und Kranke verkörpert das Echo und die Folgen des normalen Irrwitzes von Oben und Unten, von Arm und Reich. Sie ist ein Reflex auf die idée fixe und den Starrsinn der Gesunden, koste es, was es wolle, und ohne Rücksicht auf Verluste, nach Besitz und Geltung zu streben. Dabei macht sich das Gedicht mit seiner Figur keinerlei Illusionen auf eine Veränderung dieses Zustandes. Der Autor hält nüchtern genug fest, daß die Einbildungskraft, mit der sich seine arme lyrische Figur adelt, nur zur einfachen Verkehrung der alten Verhältnisse reicht. »Leute«, die knien und »ängstlich« am Rande stehen, scheinen da wiederum oder immer noch vonnöten.

Vielleicht ist die Literatur nur deshalb so auffallend mit Irrläufern, Tollen und Narren, Wahnsinnigen und Aberwitzigen, Verrücktgewordenen bevölkert, um an ihrem Beispiel zu erinnern, daß eher die Verhältnisse ver-rückt werden sollten, statt der Menschen. Aber wie gesagt, auch im Falle der Literatur haben wir es mit einem Fall von »schönem Wahn« und Einbildungskraft zu tun.

Notizen 9

Die Trennung von Kunst und Leben ist das einzige, was Kunst und Leben wirklich gemeinsam haben.

Das Zauberwort mit der Schrotflinte treffen.

Worte, die im Wortschatten anderer stehen.

Fremdworte: Worte, die mehrere Sprachen sprechen.

Heimkehr des verlorenen Wortes: Es werden viele Sätze geschlachtet.

Auf den Wortbahnhöfen: lauter Dichter, die ihren Anschluß verpaßt oder ihr Wort versäumt haben.

Schmeichlerische Worte, die auf jeden Fall und um jeden Preis stehenbleiben wollen.

Manche, die sich in ihre Figuren hineinversetzen, und die Figuren schlottern dann an ihnen.

Serielle Poesie: Worte, die sich selbst ablichten.

Worte, die ihre Verfasser betören und verführen, und, wenn diese sich in sie verliebt haben, im Stich lassen.

Mutige Worte und am Ende doch nur Maulhelden.

Worte mit Staubwedeln.

Worte, die auftischen, und Worte, die reinen Tisch machen.

Die krachenden Worte, die einer macht für alle, die schlafen, und nur er bleibt davon wach.

Gedichten den Prozeß machen, durch alle Instanzen; seltene Freisprüche.

Der Überzeugung sein, daß es ein Bermudadreieck für Worte gibt.

Der Reim

Von allen Darstellern, die im Ensemble der Lyrik zum Gedicht beitragen, ist der Reim, samt seinem stabreimenden Bruder, der älteste und der vielseitigste. Er ist mein Lieblingsschauspieler. Er hat viel vom Leben und von der Welt gesehen – mein und dein, Herz und Schmerz, Morgen und Sorgen: der Deutschen ganzen Jammer – und in sich aufgenommen und bewahrt, was seinen Konkurrenten um die Gunst des Gedichts, den reimlosen Zeilenbruch, bisweilen unerfahren und jung, nackt und bloß, sang- und klanglos aussehen läßt.

Der Reim ist die zweideutig-schillernde Kunstbehauptung, daß Kunst und Leben zweierlei sind. Kein Mensch spricht so wie er, es sei denn auf den Brettern, welche Theater bedeuten, oder an jenen Tischen, an denen eine übermütige Geselligkeit zu Hause ist. Er ist unnaturalistisch. Er besteht auf seiner Künstlichkeit und auf seinem Kunstvorbehalt, und so muß er keinerlei Nachahmungsmuskeln anstrengen und bemühen, um an dem beliebten künstlerischen Hase-Igel-Wettlauf um das Leben teilzunehmen, wobei das Leben der Kunst immer zuruft: Bin schon da! Es sei denn, als Igel und das nicht nur, weil es davon in der Geschichte zwei gibt und das seinem Naturell entgegenkommt.

Eben, was ihm seine Verächter vorwerfen, er sei künstlich, ist an ihm zu schätzen. Wer, wenn nicht der Reim, wüßte

(oft im Gegensatz zu seinen Verfassern), daß sich auf das Leben keiner machen läßt, geschweige denn auf die Menschen, nicht einmal auf einen; aber seine ständig in ihm wohnende Bitte, es möge doch so sein, eines möge zum anderen kommen, eines möge dem anderen entsprechen, eines möge auf das andere antworten, ist unüberhörbar. Seine Gier nach Echo, Zwiesprache und Widerhall läßt sich nicht leugnen. Der Reim ist der homo politicus, der Communist und der Utopist der Lyrik, und noch in seinen einfältigsten Erscheinungen, Idyllen, Weltfluchten, Gräser- und Schäferpoesien will er in aller Form die Aufhebung der Einsamkeit und die Sehnsucht nach Zusammenkunft und Vereinbarung, auch des Auseinanderstrebenden, bedeuten. Der Reim, sagt der Dichter Oskar Loerke, ist etwas Geselliges.
Das letzte, was man von ihm sagen kann, wäre Haltlosigkeit. Der Reim hat seine Haltbarkeit bewiesen und feiert dank einer ebenso kindlichen wie erwachsenen Sprachlust bis heute seine fröhlichen und traurigen Urstände. Er gehört zu den unausrottbaren Redensarten und ist der Volksschauspieler der Sprache, von seiner unbestrittenen Rolle als Kinderstar ganz zu schweigen. »Wenn unter dem Pövel etwas seltzames sich begiebt / so pflegen sie reimende Sprichwörter davon zu machen«, wußte 1682 der Kieler Professor der Poesie und Beredsamkeit, Daniel Georg Morhof, zu berichten, und an dieser Lust hat sich bis zum gegenwärtigen lyrischen Pövel, die Aristokraten eingeschlossen, wenig geändert. Der Reim ist ohne Zweifel der Phönix unter den Formalisten, die bei der Darstellung eines Gedichts eine Rolle spielen. Das macht nicht zuletzt, daß manche toten Dichter länger von ihm leben als manche lebenden ohne ihn.

An Grabrednern, Totengräbern und Beerdigungsunternehmern hat es ihm von Anfang an und zeitlebens nicht gemangelt. Ob man ihm Moral und Ehre abschnitt wie Reinhard von Freienthal um 1700 – »Kommet her, ihr Reimenbinder / ihr der Musen Hurenkinder« – oder fast zeitgleich Sinn und Verstand – »der Feind von Geist und Witz, der Reim« – wie der badische Dichter Carl Friedrich Drollinger; ob man ihm ein höhnisches Reim-dich-oder-ich-freß-dich nachrief, ihn als Wortgeklingel schmähte, ihn verdächtigte, Gedanken und Gefühle zwanghaft und unsachgemäß zu beeinflussen oder zu verfälschen, oder ihn als »ein unnatürlicher Zierrat« oder als »ein bloßes künstliches Spiel mit den Buchstaben« durchaus annehmbar verkannte; ob man ihn nur in seiner Einmaligkeit und Neuheit zuließ oder in das Reservat der bloß noch parodistischen Verwendung wies: Es hat seinem Ansehen geschadet, ihn aber nicht um seine literarische Existenz gebracht. Angesichts derart zahlreicher Gegner scheint Lessings Bemerkung nicht unangebracht, daß, wenn es gegen den Reim geht, nicht immer lautere Motive im Spiel sind: »Es scheint mir, daß diejenigen, die gegen den Reim unerbittlich sind, sich an ihm rächen wollen, weil er ihnen niemals hat zu Willen sein wollen.« Schließlich seien seine Schwierigkeiten »mehr ein Lob für ihn als ein Grund, ihn abzuschaffen«.

Das Problem des Reims ist, daß er seiner Natur nach gewalttätig wirkt. Er ist es nicht, wenn er in Form ist. In schlechter Verfassung will er alles nach seiner Pfeife ordnen und auf zwei oder mehrere Reihen kriegen. Er will dem Stoff diktieren und das Sagen über das Gedicht haben. Ohne Zweifel ist der Reim manisch produktiv, und der Reimzwang, dessen man ihn zu Recht verdächtigt, ist ein Zugzwang. Er muß, einmal vorgegeben, bei Strafe des Untergangs eine Entsprechung finden. Seine Panik ist entsprechend. So klammert er sich mit aller Gewalt an jeden erstbesten, seine Strohhalme eingeschlossen. Am Ende ist die Gewalt, die er dem Gedicht antun will, die Gewalt, der er erliegt. Wie alle Gewalttätigen schreit er selbst am lautesten, wenn ihm Gewalt angetan wurde. Dann verrät er ohne weiteres alles, das Unvermögen des Autors und das ganze Gedicht.

Arno Holz' vielverbreitete Behauptung, daß der erste, der Herz auf Schmerz reimte, ein Genie gewesen sei, der tausendste jedoch ein Kretin, enthält neben seinem Hinweis auf Abnutzungserscheinungen auch das Mißverständnis, es mache der Reim das Gedicht und nicht das Gedicht den Reim. Ein Mißverständnis, das vermutlich der unschuldigen Bezeichnung Endreim geschuldet ist, die suggeriert, darauf laufe beim gereimten Gedicht alles hinaus. Wäre dem so, ließe sich wirklich kein einmal gesetzter Reim ohne Plagiatsvorwurf wiederholen. Im Gegenteil ist die poetische Elektrizität von Gedichten, die weitgehend benutzte, gar vernutzte Reime verwenden, durchaus zu erklären: Das »Gesamtgefüge« (Loerke) führt ihnen Strom zu. Der Reim ist nicht der Hauptdarsteller des gereimten Gedichts. Er ist ein Ensemblespieler par excellence, und es sind die Zulieferungen und Stichworte seiner poetischen Mitspieler, die ihn erst zur Geltung und in Hochform bringen. Läßt man ihn als Gleicher unter Gleichen agieren und hat darüber hinaus noch etwas zu sagen, ergibt sich mitunter ein Gedicht, in dem sich Herz auf Schmerz reimt, als wäre es am ersten Tag.

Im übrigen ist die Suche nach den »eigensinnigen Schlußtönen« (Gottsched), die nicht immer da stehen müssen, keine formale Angelegenheit gleich klingender Silben, sondern die Suche nach der Substanz, nach dem Stoff des Gedichts. Bloß gesuchte Reime erkennt man unschwer daran, daß sie dem Stoff nur aufgesetzt sind, anstatt Stoff zu sein. Ein guter Reim ist immer auch die sprachliche Einsicht in seine Notwendigkeit. Was sich im Kunstsinn reimt, reimt sich nicht nur, weil es sich reimt. Arthur Schopenhauer, der kaum Gedichte schrieb, aber etwas von ihrer Sprache verstand, hat die Mißverhältnisse und Verhältnisse, die beim Umgang mit dem Reim entstehen können, anschaulich benannt, wenngleich wir an der »göttlichen Schickung«, die uns dabei angedient wird, unsere heutigen Zweifel haben mögen: »Das Zeichen, woran man am unmittelbarsten den echten Dichter sowohl höherer als niederer Gattung erkennt, ist die Ungezwungenheit seiner Reime: Sie haben sich wie durch göttliche Schickung von selbst eingefunden; seine Gedanken kommen ihm schon in Reimen. Der heimliche Prosaiker hingegen sucht zum Gedanken den Reim; der Pfuscher zum Reim den Gedanken.«

In den Klebstoff-Verdacht (Reim gleich Leim), in den Biedermeier-Verruf (Idylliker!), in den Antiquitäten-Katalog (von gestern!) und andere Verächtlichkeiten hat sich der Reim (mehr als durch seine Kritiker) selbst gebracht, weil sich seine vorzüglichen Eigenschaften ohne Mühe auch gegen ihn wenden lassen. Sein Harmoniebedürfnis neigt dazu, Widersprüche wegzureimen und klangvoll zu glätten. Seine Gelassenheit angesichts hurtiger Gedanken (sie müssen sich für ihn reimen) und seine Zurückhaltung gegenüber vorschnellen Gefühlen (sie müssen in seine Form gebracht werden) machen Umstände und ihn bisweilen zur Schnecke. Seine Musikalität und seine Verwandtschaft mit der Lyra sorgen im selbstverliebten Zustand für das berüchtigte Leiern, und es spricht für die Güte der besseren Reime, wenn es ihnen gelingt, ihre Schallmauern zu durchbrechen. Tatsächlich hat die Tonalität des Reims auch die radiophonische Eigenschaft, sich zu versenden, »da er dem Gedicht leicht etwas In-sich-Geschlossenes, am Ohr Vorübergehendes verleiht«, eine Unart, die Brecht veranlaßte, von Zeit zu Zeit die Gefolgschaft zu kündigen. Dagegen hat seine zeitgleiche Fähigkeit zu Einprägsamkeit die poetischen Lehrkräfte aller Klassen nicht wenig angezogen, um daraus pädagogische Rohr- und Prägestöcke zu machen. Ein so unerzogenes wie schwererziehbares Kind ist der im Deutschen sehr beliebte Merkvers oder Sinnspruch, der am liebsten jedes Gedicht auf sein zitierbares Maß schrumpfen ließe. Wo allerdings die Gefahr der Sinnhuberei droht, wächst mit und im Reim das Rettende, das Spielerische auch.

Zur Beliebtheit des Reims gehört, daß er gewitzt ist. Er ist der Bruder Lustig, der Spaßmacher der Sprache, was nicht ausschließt, daß er gleichzeitig mit Ernst Schönheit und mit der Schönheit Ernst machen kann. In der deutschen Lyrik, die im ganzen wenig zu lachen hat, gibt es kaum eine andere Sprachfigur, die ihm das Wasser reichen könnte, wenn er zur Komik aufgelegt ist. Dann macht er nicht nur Lust auf Pointen, reimt frech Unzusammengehöriges zu Ungehörigem und Unerhörtem, wie weiland Heine »Lümmel« auf »Himmel« reimte, er kann sich auch über sich lustig machen. Wie alle Komiker lebt er von der Tücke seines Objekts, dem Reimzwang, und bezwingt ihn, indem er ihn als Stilmittel einsetzt und seine lyrische Not zur komischen Tugend erhebt. Das zwiespältige Bewußtsein von einer Tätigkeit, die sich zwischen »um des Reimes willen« (Morgenstern) und um des Autors willen bewegt, durchzieht die

Geschichte des gereimten Gedichts und äußert sich nicht zuletzt in ihren gebrochenen Reimen. Vom Nachruf auf Hans Sachs

> Er war ein Schuh-
> macher und Poet dazu

über Wilhelm Buschs

> Ein jeder weiß, was so ein Mai-
> käfer für ein Vogel sei –

und Brechts Soldatenballade

> Da kam eine militär-
> ärztliche Kommission

spannt sich ein Bogen zu den Gedichten Peter Rühmkorfs und Robert Gernhardts, welche die liebe Not mit der Reimnot zum Thema machen und zu neuen Gedichten nutzen.

Da Komik über mißratene Ordnung und mißratende Regel lacht, ist der Reim auch ein Gesetzesbrecher in eigener Sache, der über alle Vorschriften und Verordnungen lachen kann. Der Gesetzesbruch ist seine Vitalität. Und was hat man ihm nicht alles im Laufe seiner langen Geschichte verboten oder angekreidet: Man hat ihm Füll- und Bindewörter untersagt, auch die Artikel, und Eigennamen dazu, man hat ihm den Gebrauch von Fremdwörtern verweigert, man hat ihn mit der Halbmoral von reinen und unreinen Reimen behelligt, und der Reim hat, indem er sich nicht daran hielt

und sich seine eigenen Reime darauf gemacht hat, eine unerhörte Lakonik, neue Ecken und Kanten des Zeilenbruchs und ungesehene Wortfacetten in das Gedicht gebracht.
Selbst die schwarzen Listen, die im Deutschen manchen Worten, von Furcht bis falsch, von Seufzer bis Zukunft, den Beruf und die Berufung als Reim absprechen, weil sich auf sie nichts oder nur Gezwungenes oder nur Unreines reimen lasse, haben die Lust am Reim nicht sonderlich irritiert. Die Dichter, wenn sie sich denn zwischen Knospe und Knorpel eingezwängt sahen – auf die sich auch (noch) nichts reimen will –, haben im Zweifelsfall den Reimpart im Gedicht einfach umbesetzt oder sich von den Grenzen ihres Subjekts um so mehr herausfordern lassen. Vom Volksmund über Heine bis zu Rühmkorf kennt man die tüftelige Neigung, dem Wort Mensch in Einzahl und Plural einen Reim hinzuzugesellen, und das letzte Wort ist in dieser reimseligen Angelegenheit noch nicht gesprochen. Da mag es wie eine Anekdote von der Reimnot erscheinen – oder sollen wir es eher als politischen Zeitverkürzer oder tabupsychologisches Verzällchen auffassen? –, wenn in dem Buch »Spielformen der Poesie«, 1988 in zweiter Auflage in der DDR erschienen, die Behauptung vertreten wird, auf das schöne Wort Antlitz reime sich nichts, wo doch jedermann das, zugegeben unreine, Wandlitz einfallen könnte.
»Laternen, die den Weg des Gedankens beleuchten«, hat Baudelaire die Reime genannt und war davon überzeugt, daß sie »dem ewigen menschlichen Bedürfnis« nach »Symmetrie und Überraschung entsprechen«. Überraschung ist denn auch das Zauberwort, dem sich gute Reime fügen, und ein Reimwort, das auf ein anderes wie sein erwarteter Zwilling folgt, hat seine Berufung verfehlt. Zwar kann der Reim

widerborstig sein, muß es aber nicht, wie manche seine Verteidiger in guter Absicht, aber etwas einseitig, behaupten. Auch Igel ziehen, wenn die Situation danach ist, ihre Stacheln ein, und bisweilen kann der Reim derart zurückhaltend sein, daß man seine Anwesenheit nur in den Unter- und Obertönen des Gedichts wahrnimmt.
Natürlich kommt, wenn der Reim auftritt, etwas Zauberhaftes ins Spiel, weil er seine Herkunft vom Hokuspokus, Mummenschanz, Simsalabim und anderen Zaubersprüchen nicht verleugnen kann und will. Selbst aufgeklärte Poeten kommen, wenn sie sich dabei erklären wollen, unweigerlich vom Loshölzchen aufs Runenstöckchen und kriegen den Orakelgeruch und die Wortgeheimniskrämerei nicht los, die entsteht, wenn ein Wort auf seltene und seltsame Weise dem anderen zufällt oder eines das andere hinzuzieht. Die Frage, wie ein guter Reim entsteht, beantwortet eher das Gedicht als Steputats Reimlexikon und entsprechende Computerprogramme, und der Reimverruf gilt immer nur so lange, bis einer daherkommt und uns mit Anklang auf die Klangnerven geht.
»Der Reim ist an sich kein Thema«, hat Peter Rühmkorf 1981 geschrieben und dann über diesen lautstarken und bisweilen lautverliebten Sprachdarsteller ein Buch und eine Liebeserklärung von 156 Seiten verfaßt. Reim, der Reim geht weiter!

Notizen 10

Das aktuelle Gedicht, das täglich Jüngstes Gericht spielt.

Lesefutter und die Vertierung des Lesers.

Poetenkasten: Hinterteil des Kopfes (aus dem Lexikon untergegangener Worte).

Worte, die für den Leser scheinen und den Autor verdunkeln und umgekehrt.

Worte als Wortjäger, Satire.

Schabernack, Papperlapapp etc.: Worte, die ich gern erfunden hätte.

Worte, die sich aus einem Gedicht verlaufen haben und es nicht mehr wiederfinden können oder es nicht mehr brauchen.

Märchen: Warum stehen so viele vor dem Haus des Schmieds, Mutter? Damit er ihr Herz verhärtet. Es gibt so viele ihresgleichen. Warum stehen so viele vor dem Haus des Schlossers, Mutter? Damit er ihre Hände verschließt. Es gibt so viele, die weniger haben. Warum stehen so viele vor dem Haus des Zimmermanns, Mutter? Damit er ihre Schwelle erhöht. Es stehen so viele draußen vor der Tür. Warum stehen so viele vor dem Haus des Dichters, Mutter? Damit er ihnen Stichworte gibt. Damit sie ihre Nachbarn ausstechen.

Worte mit hoher Meinung (von sich, von anderen) und Worte mit niederer.

Resteverwertung: noch sieben Hauptworte herumliegen haben und drei Eigenschaften, zwei Farben, die sich mischen lassen, zwei unausgegorene Gedanken und einen vergorenen – ein starkes Gefühl, ein paar Kommas und ein Punkt lassen sich dann schon finden.

Flaches Gedicht: eine Ansammlung von Worten, die nichts aneinander finden können.

Negative Ästhetik: Erlaubt ist, was mißfällt.

Kleinlich sein, als Größe.

Kirsch. Durch seine Gedichte gesehen

I

Die Sächsische Dichterschule war weniger eine sogenannte als das Land, in dem sie stattfand, vielmehr hat sie sich durch ihre Mitglieder namhaft gemacht, und was die haltbare deutsche Lyrik ihr verdankt, ist noch nicht ausgemessen und auszumessen. Auf jeden Fall haben wir es mit der derben Grazie Karl Mickels zu tun, der in seinen Gedichten den Hinterhof dem Olymp zugeführt hat und den Olymp dem Hinterhof, mit dem sperrigen, viel zu wenig bekannten Richard Leising (sperrig nicht nur, weil er kaum zwei Dutzend seiner lyrischen Monolithen in die Welt warf, die aber mit Wucht), mit Elke Erb, deren Verse und Prosazeilen jenseits aller Schulweisheit träumen, und mit Sarah Kirsch, der natürlichsten aller Sibyllinen, mit dem thersiteshaft, jedoch nicht ohne Maß polternden Adolf Endler und mit den traurigen Oden des sanften Heinz Czechowski, »welcher / Die Welt sehr liebt, und darum melancholisch / Auf sie blickt«, wie es in einer Widmung Rainer Kirschs heißt, von dessen heiterer Strenge hier vornehmlich die Rede sein soll. Man geht nicht fehl in der Annahme, sieht man auf den Jahrgang der Poeten, daß zum Entstehen der Sächsischen Dichterschule ein Generationenkonflikt nötig war, der sich literarisch ausdrückte und zum Politikum wurde. Die neuen »Hechte im Karpfenteich« der Lyrik, welche sich die Ostberliner Akademie der Künste zu Beginn der sechziger Jahre herbeigewünscht hatte, waren wohl nicht die üblichen kleinen Fische gewesen, die sie erwartet hatte. Was da zur Sprache kam, unterschied sich lebhaft von der Lyrik, die im sozialistischen Überschwange war, vor allem in Unbotmäßigkeit. Sie verweigerte sich, obwohl traditionsbewußt oder eben drum, den literarischen Verkehrsregeln wie der Parteinahme für die tagespolitische Partei sowie einer falschen Auffassung von Volkstümlichkeit, zu der Brecht bereits alles und folgenlos gesagt hatte. Sarah Kirsch mochte lieber die abverlangten »ökonomischen Probleme« aus ihren Gedichten lassen und zog die poetische Ökonomie von »Wolkenkämmen, silbernen Vögeln, silbernen Haien« vor. Heinz Czechowski beharrte auf seiner Eigenart, »die Welt mit anderen Augen« zu sehen. Karl Mickel schlug das Verlangen nach simpler Verständlichkeit mit den Worten »Das Verhältnis ist nicht Autor-Leser, sondern Gegenstand-Autor-Leser« barsch ab. Und auch Rainer Kirsch verdarb sich frühes Wohlwollen durch ein Gedichtpasquill, das weniger dem selbstgerechten Antifaschismus der DDR als der deutschen Ungerührtheit Reverenz erwies. Dessen »Mißton«, nicht der der Ungerührtheit, wurde als »lästerlich-deplaciert« gerügt.

Ausflug machen

Na, wohin gehts?

In den Eichenwald, in den Eichenwald
Der graue Kuckuck ruft dort bald.

Wünsch eine gute Fahrt!

Na, wohin gehts?

In den Fichtenwald, in den Fichtenwald
Wo Goldhahns und Kreuzschnabels Stimmlein schallt.

Wünsch eine gute Fahrt!

Na, wohin gehts?

In den Buchenwald, in den Buchenwald
Dort pfeift der warme Wind so kalt
Dort schmeckt die Luft so seltsam süß
Dort riechts so stark nach Paradies
Dort ist der schwarze Rauch zu sehn
Dort pfeift der Wind, der Rauch bleibt stehn
Dort weht der Wind schon siebzehn Jahr
Dort schreit der Rauch wohl immerdar.

Wünsch eine gute Fahrt! (1962)

Die Debatte, was und wieviel Lyrik darf, wurde nach Art der Landesherren beendet, und die genannten Autoren schlossen sich zu einem lockeren Trutzbündnis, eben der Sächsischen Dichterschule, zusammen, bis sich, wie Sarah Kirsch später schrieb, »die Schatten der Freunde« – aufgerieben, vertrieben und geblieben – »in alle vier Winde« der Deutschländer verstreuten. Es war eine merkwürdige Schule, in der die Schüler das Sagen hatten und die Lehrer dennoch nicht das Nachsehen, weil die Schüler ungezwungen bei ihnen nachsahen. Eine Art antiautoritärer Traditionalisten, die das Angebot der staatlichen Erbeverwaltung verschmähten und sich ebenso von der bürgerlichen Ehrfurcht freihielten wie von den rasanten Erledigungen des westlichen Regietheaters. Es war, als wären die Klassiker unter die Plebejer gefallen, und die Jüngeren behandelten sie neugierig und staunend wie einen respektablen Kramladen. Sie machten viel Federlesen mit Shakespeare und Horaz, Dante und Petrarca, Homer und den Griechen und setzten ihnen gehörig und ungehörig zu, am Ende Eigenes. Zu den Vorzügen solcher Beschäftigung rechneten sie für ihre Kunst »Zitierbarkeit« (die Welt soll souverän herbeizitiert werden können; das Gegenteil einer fassungslosen Haltung), Präzision und Sprachvermögen (»Gegeneinander von Zartem und Grobem, hoher und Umgangssprache«), Dauerhaftigkeit (ein »Überschuß an Zukunft«), Realismus (»das Charakteristische regiert das Ästhetische«), Geschichtsbewußtsein (»scharfes, am Marxismus geschultes Reflektieren«) und »Belehrung« (»ohne missionarische Geste«). Die Zitate stammen aus einem Aufsatz von Rainer Kirsch über Karl Mickel, können aber darüber hinaus und für ihn angenommen werden. Im übrigen machten sie, was im Westen als harmloser Klassizismus mißverstanden wurde, was Dichter immer machen, wenn sie nicht als Politiker auftreten, sondern schreiben, sie legten artgemäß formalen Protest ein und an Kunst zu.

2

Wenn zum Wesen des Gedichtes, wie Brecht sagt, auch das Gesicht seines Verfassers gehört, so tut man sich damit bei

Kirsch schwer. Seine Erfahrungen sind in seinen Versen im philosophischen Sinn aufgehoben und lassen, neben einer angebrachten peniblen Datierung, nicht so leicht Rückschlüsse auf seine Biographie zu. Und größere Konfessionen sind bei der Art dieses Autors sowieso nicht zu erwarten. Folgt man den kargen Daten, fällt der Lebenslauf des Autors mit dem Lauf des Lebens der DDR zusammen und auseinander, und unterhalb dieser Widersprüchlichkeit ist wohl kein Schriftsteller aus der DDR zu haben, jedenfalls kein gescheiter und jedenfalls nicht gescheit. Kirsch, 1934 geboren und mit allem Drum und Dran in die DDR hineingewachsen, also (man muß es sagen) marxistisch erzogen, studierte Philosophie in Jena, las Bloch, was sich nachhaltig auswirkte, und Gedichte, die dasselbe taten, vornehmlich Rilke, Brecht, die Expressionisten und manches Westliche der Zeit, Bachmann und Celan, Enzensberger und Rühmkorf. Die zaghafte Enthüllung der stalinistischen Verbrechen im Jahre 1956 war für Kirsch so zaghaft nicht. Die Verstörung trieb ihn an den Schreibtisch und die ersten Gedichte, Selbstverständigungen, aus ihm heraus. Und in dem Dichter Louis Fürnberg fand er einen, der ihm zusprach. Ein Jahr später war er von der Universität relegiert, arbeitete als Hilfsarbeiter in einer Druckerei, als Chemiearbeiter in Buna und dann bei einer LPG in Reideburg bei Halle. Die Genossenschaft stellte ihn, auf Ersuchen des Schriftstellerverbandes, an drei von sieben Tagen frei. Seit 1958 war er mit Sarah Kirsch verheiratet, und da sie auch Gedichte schrieb, verfügte der Bezirk über ein Poetenpaar. Das Ansehen und die ersten Honorare kamen von Auftragsarbeiten. Kirsch schrieb Artiges, angestrengte und anstrengende Lieder für Lesebücher, zum Beispiel: »Geh voran Pionier / Deine Heimat ruft nach Dir«. Kinderhörspiele und eine Kinderoper folgten. Das Aufsehen erregten eher andere Gedichte wie das erwähnte »Ausflug machen« und das Sonett »Meinen Freunden, den alten Genossen«, dessen Schlußzeilen unmißverständlich, also durchaus im Sinne der Angesprochenen, lauten: »Und die Träume ganz beim Namen nennen / Und die ganze Last der Wahrheit kennen«. Fortan – »die Zäsur liegt 1965« – schrieb er ohne Rücksicht auf Verluste, Gedrücktwerden und Gedrucktwerden. Sein erster Gedichtband, nach einem gemeinsamen Buch mit Sarah Kirsch, konnte erst 1980 bei Hinstorff erscheinen. 1973 wurde er aus der SED ausgeschlossen. Er hatte einen Faust-Stoff, »Heinrich Schlaghands Höllenfahrt«, komödiantisch verfaßt und darin das gesellschaftliche Vorbild, den neuen Menschen, zu Ende gedacht und war prompt mit seiner Figur in die Hölle geraten. Von der Ächtung, die nachfolgte, machte er währenddessen wenig Aufhebens und auch nicht danach. Die Zeit nutzte er für Lyrikübersetzungen, vorwiegend aus dem Georgischen, und schrieb ein kleines kluges Buch über die Probleme, die sich beim Umsetzen, Nachdichten und Übertragen des eigentlich Unübertragbaren zutragen, das er »Das Wort und seine Strahlung« nannte. Sieben Jahre später wurde er wieder Mitglied der Partei, ein Mitläufer gegen den Strom. Im Rahmen einer Umfrage über die Wirkungen der Kunst hatte er 1971 den Schülern des Butzbacher Gymnasiums geschrieben: ». . . die Veränderungen, die sie bewirken kann, sind unmerklich und keine Saulus-Paulus-Effekte. (Überhaupt ist mir Paulus, als politische Figur und Modell, tief verdächtig, ja widerlich.)«

3

Läßt man die Gedichte aus drei Jahrzehnten passieren, erscheinen sie wie ein Katalog von Menetekeln und, man ahnt es, wie ein weiterer qualifizierter Beitrag zur Wirkungslosigkeit der Kunst in politischen Dingen. Belsazars Knechte sind eben doch literarische Figuren, und welche der Ungeduld dazu. So lassen sich Kirschs Gedichte wie eine Chronik in Miniaturen vom Anfang des Endes der DDR lesen. Das Gedicht »Aufschub«, das keinen dulden wollte, beschreibt die Atmosphäre: »Damit wir später reden können schweigen wir. / Wir lehren unsere Kinder schweigen damit / sie später reden können ...« Das Gedicht endet: »Einmal, denken wir, muß doch die Zeit kommen.« Über die Jahre sehen wir einen Autor, der zwischen Fürstenerziehung (»Ist keiner mehr im Weg, man ist es selber / und muß nach unten morden ...«) und literarischer Sozialarbeit (»So, kaum erstaunt, seh ich, wie es gelingt / Den Stock zu schätzen, den man auf uns schwingt«) hin- und herwetzt wie der märchenhafte Hase, bis er – die Niedrigkeiten der Politik sind schon alle da – die Illusionen über beides verliert. Am Ende aller Bemühungen, Menetekel, Warnschriften, Bannsprüche, gelesener Leviten und unerhörter Lektionen steht das Epitaph »Sterbelager preußisch«, 1986 geschrieben, eine Grabschrift zu Lebzeiten.

Sterbelager preußisch

Merkbare Sätze, hör ich, sind vonnöten.
So daß, wenn du schon ahnst, daß du bald kippst,
Du immerhin vor Schluß die Zeichen übst,

Die andern ohne dich an Auskunft böten,
Was die, träg lallend, eignen Blicks nicht finden:
Der Stumpfsinn ihre Brunst. So aber bleibt

Was Stachelndes, das sie zum Blinzeln treibt:
Die Mücken, doch noch, tanzen um die Linden,
Mittage wehn, Handwerker kaufen Schnaps,
Systeme blühn und reifen zum Kollaps,
In ferner Landschaft schießt man sich um Reis,
Der Tod hebt an im Mund, sein Farb ist weiß;
Und schneller drehn sich in der Welt die Dinge,
Um die es, ginge es um noch was, ginge.

Das Gedicht stammt aus dem Band »Kunst in Mark Brandenburg«, 1988 erschienen, und läßt eine Entwicklung erkennen: Aus manch vordergründigem Engagement ist eine hintergründige Gelassenheit erwachsen, aus dem politischen Dränger ein durchaus nicht unpolitischer Stoiker, der mit engagierter Distanz und Lebenslust einen eher sportlichen Umgang mit der Welt pflegt und empfiehlt. Wie wir im Ernst von Dantes »Göttlicher Komödie« eher eine irdische zu sehen vermögen und in der Heiterkeit von Boccaccios »Decamerone« weniger einen Renaissance-Knigge denn eine erbauliche Sammlung unserer Hoch- und Niedertrachten, Listen und Tücken, sind Kirschs Gedichte gleichermaßen auch eine Chronik des humanum est, und wie alle gute Literatur werfen auch sie ein Licht auf unsere belehrbare Unbelehrbarkeit. Sie überdauern ihren Entstehungsgrund und die Trümmer ihrer geistigen Verhältnisse nicht zuletzt, weil nicht nur Phönixe aus der Asche steigen, sondern, wie man aus der deutschen Geschichte weiß, auch die Brandstifter.

4

Kirschs Gedichte setzen Haltungen voraus, die im Westen des Landes wenig gepflegt wurden. Was ihm zu Gebote steht, wirkt altmodisch, aber selbstbewußt. Er kann eine Sammlung seiner Aufsätze, Kritiken und Notizen einfach »Amt des Dichters« nennen. Er stellt sich durchaus als Dichter vor, wo andere zu Unterkühlungen wie Autor, Schriftsteller, Gedichteschreiber, Texter neigen. Dafür ist ihm die Verwechslung von Kunst und Leben ein Greuel, und die Vorstellung, ein Kunstwerk beanspruche nur, »ein Spiegel der Welt« zu sein, ist ihm zuwider. Dann sorgt er schon lieber für »Ordnung im Spiegel«, wie eine seiner Essaysammlungen bezeichnend heißt. Sich beim Schreiben »nicht als Sklaven des schlecht Tatsächlichen« zu verhalten, hat er von Georg Maurer gelernt, und so mißtraut er allen ungefilterten Gedanken und Gefühlen auf dem Papier. Nicht die Träne gilt es auszudrücken, sondern den Gedanken, der die Träne ausdrückt. Irgendwie-Gefühle, weiß der Dichter, hat das Leben in Form seiner Ohrfeigen und Liebkosungen genug, und durch Gedankenlosigkeit läßt sich Verzweiflung nicht fassen. Dagegen setzt Kirsch auf die »Zärtlichkeit des Intellekts«, so, wie in seiner Nachdichtung von Petrarcas 34. Gesang von »liebendem Denken« die Rede ist. Natürlich geht das nicht gut ohne das Wissen um die Verdunkelungen der Aufklärung, nicht nur in diesem Jahrhundert. »Die Vernunft«, definiert das Gedicht »Rat zu üben«, 1977 geschrieben, nicht ohne Selbsthohn, »Ist eine furchtbare Last / Nur die Vernünftigsten / Gehn mit ihr / Ein paar Schritte.« Allein, die Vernunft gehört mitunter zu den Genußmitteln, und so baut sich die Hoffnung des genußsüchtigen Dichters auf die Genußfähigkeit aller und fürchtet nichts mehr als eine unbefriedete, weil unbefriedigte Welt. Auf Menschen und Dinge Lust zu machen, darauf läuft es wohl hinaus, wenn Kirsch (darin nicht unpreußisch) von seiner »Pflicht zur Hoffnung« spricht. Dabei gelingt es ihm oft (darin unpreußisch), den Ernst der »Weltläufte« spielerisch zu fassen, indem er sich die Sprachmasken bukolischer Zustände borgt, um die Verstellungen unserer Gesichter zu entlarven; ein galliger Anakreontiker, nicht ohne derben Übermut, mit dem (und Frau Welt) gut Kirschen essen ist, auch die saueren.

Claudine oder Die Weltläufte

Hübsche Claudine, mußt du bei mir weinen?
Dein Loch ist wundersüß, ich gönn es keinem
So glatt wie mir, doch kann ichs nicht verwalten
Als Eigentum: Schwäch wen du schwächst!, und
  halten
Dich andre aus, sei seufzend guter Dinge.
(Es gibt der Güter schlimmere und geringe,
Das schlimmste ist: Claudine unverspundet.)
Dann nämlich will sie, daß die Welt gesundet,
Und wenn die Welt das nicht so eilig möchte,
Schwindelt Claudine sie höchst laut zurechte.
Und weil das wehtut, kommen ihr die Tränen.
Es ist ja wahr: ein Balg mit Sägespänen
Strengt nicht so an; was mach ichs dir? Mir scheint:
Weil Eine weniger dann lügt und weint.

(1983/1986)

5

Daß beim Gedichteschreiben Herzwerk und Kopfwerk zusammengehören, hat sich herumgesprochen, daß aber beides ohne Handwerk nichts ist außer Lamentation, Kitsch und Kalkül, nicht. Das Handwerk der Verskunst ist derart in den Verruf gekommen, daß unter den jüngeren Dichtern immer weniger zu wissen scheinen, daß ein Gedicht nicht aus Worten, sondern aus Versen besteht. Letztere lassen sich allerdings nicht so leicht aus dem Ärmel schütteln wie erstere, und es liegt auf der Hand, daß Kirsch mit den prosaischen Lyrikleihgaben, Wort- und Satzruinen, die derzeit das Kontingent stellen, wenig im Sinn hat. Auch findet seine (man muß es sagen) marxistische Nüchternheit wenig Geschmack an den sakralen Tonleitern, die neuerdings wieder mitten in den großen Städten über die Dörfer getragen werden, um die Kirchturmspitzen des Mystizismus zu befestigen. Dagegen bedient sich Kirsch der alten Tugend des Fleißes, die sich qualitativ verstand und nicht quantitativ und die ihre Herkunft und ihren Gegensatz aus den Gebräuchen und Unsitten des Arbeiter- und Bauernstaates nicht verleugnet. Allerdings setzte die Sächsische Dichterschule den Bitterfelder Wegen ihrer Staatsführung, daß die Arbeiter schreiben sollten, Grenzen, indem sie darauf bestand, daß die Dichter arbeiten sollten, allerdings nicht in den Fabriken, sondern in ihrem Metier. Daß es, wo die selbstgesetzten Hürden hoch sind, gelegentlich zu Parforceritten kommt, liegt in der Natur der Sache, und daß derlei Kraftakte auch »Im Maß Petrarcas« gekonnt zu machen sind, zeigt Kirschs gleichnamiges Gedicht. Da spricht es dann auch nicht gegen Kirschs Verfahren der historischen Versetzung, daß es dem Leser Bildung und jenen Fleiß abverlangt, deren Preis seit jeher der Genuß ist. Ein Genuß, der sich noch erweitern läßt, wenn man Kirschs Selbstdeutung und »Lesehilfe« zur Kenntnis nimmt, die einen Einblick in die Werkstatt gestatten. Dort läßt sich aus dem Allerlei der Motivkiste Dreierlei, sozusagen Kirschs Urelle und Grundmaß, hervorheben: Kunstfertigkeit, Liebe und Philosophie. »Maß assoziiert a) Versmaß, weiter gefaßt eine bestimmte Art Gedichtbau und metaphernknüpfendes Reden; b) das Maß, das (die Elle, die) Petrarca an die Welt zu legen pflegte, füglich wird von Liebe als oberster Bewegungsweise der Materie gehandelt; c) die gleichnamige Hegelsche Kategorie der Vermittlung höheren Sinns.« Für Kirsch gilt, was schon ältere Dichter wußten, daß, wer sich mit dem Pegasus nicht mitunter in seine Geschichte vergaloppiert, auf den ausgetretenen Wegen der Neuzeit bleibt, zu deren plattesten die lyrische Neuerungssucht um der Neuerungssucht willen zählt. Kirsch ist auf Haltbares aus, auf das Wort, »das sich nicht vergißt«, und das läßt sich durchaus auch als Anspruch auf ein zivilisiertes Benehmen auf dem lyrischen Parkett verstehen, das, wenn es denn sein muß, auch auf der Straße standhält. Die Sehnsucht nach Mustergültigem prägt sich als Marge und Herausforderung in die blanke Genrebezeichnung mancher Gedichttitel: Sonett, Ballade, Etüde, Chorisches Lied. Für sein Gedicht bevorzugt er eine Unangreifbarkeit im doppelten Sinn. Von innen sollen die Verse unangreifbar sein, daß sie sich derart ersatzlos verständigen, daß kein Eingriff und Zusatz des Autors mehr möglich ist, und von außen sollen sie unangreifbar sein, daß sie Widerspruch und Widerstreit bereits in sich tragen und mit List (man kann auch sagen: Kunst) unterlaufen. Natürlich ist das Kirschsche Arbeitsethos auch von den Zensoren alten Typs geprägt, aber es ist nicht zu fürchten, daß es angesichts der neueren des Marktes entbehrlich wird. Wer wie Kirsch bei der Sache ist, hält Sorgfalt und Genauigkeit für keine poetischen Sekundärtugenden, und es gibt nur wenige Dichter, bei deren Gedichten man sich mit den Fragen, ob und warum sie einen Schlußpunkt machen und warum nicht und ob der gesetzte ein springender ist, mit Gewinn unterhalten und vergnügen kann. Und für die Lösung eines lyrischen Problems, etwa des Verhältnisses zwischen »Wortstaub« und Informationsdichte – anders ausgedrückt: Wieviel Redundanz braucht / verträgt ein Gedicht? –, gäbe er, da bin ich sicher, ginge sie nur mit dem Teufel zu, seine materialistischen Vorbehalte auf. Kirschs strenges artistisches Prinzip hat nicht zuletzt dazu geführt, daß, bedenkt man die drei Jahrzehnte seiner Bemühungen, ein relativ schmales Werk vorliegt. Dafür entschädigen seine Verse, unter denen ein paar der schönsten Liebesgedichte deutscher Sprache zu finden sind, durch ihren Reichtum an Formen, der von der scheinbar einfachen Volksliedstrophe über Distichen und Daktylen bis zu immer neuen alten und alten neuen Sonettkonstruktionen reicht. Karl Mickel hat nicht unrecht, wenn er von Kirschs Gedichten sagt: »Sein Name war nie in aller Munde, aber seine frühen Gedichte haben jetzt drei Jahrzehnte standgehalten, und die neueren sind von europäischem Rang.« Der Rang, den Kirschs Gedichte einnehmen, besteht in der erarbeiteten Leichtigkeit, mit der sie sich dem schwerfälligen Gang der Welt, den Menschen und ihren Angelegenheiten widmen, und gleichermaßen in einer erarbeiteten Schwermut, mit der sie sich allem nähern, was gemeinhin auf die leichte Schulter genommen wird. So entsteht eine Mischung aus Ironie und Trauer, eine Art spöttischer Melancholie, die den Ton dieser Gedichte ausmacht. »Wem schon gelingen mehr als dreißig wirklich große Gedichte?« merkt Kirsch 1975 an. »Schon zehn sind viel.« Man kann nachzählen.

Momentaufnahmen

1

Immer muß ich den Stein wälzen von den Gräbern der Worte (die sich nie an ihre Auferstehungstermine halten; Legende: am dritten Tag!) und muß über alle Berge bergauf, bergab, und am Ende will mir keiner für die Abnutzung des Materials aufkommen, und ich stehe mit leeren Händen, wenn auch um einen Stein erleichtert, da.

2

Schon am Morgen beginnt der Ärger mit den weißköpfigen Geiern, die mir, als Adler verkleidet, an die Leber der gestrigen Nacht wollen. Feuerköpfe stellen sich ein und wollen mir ihre Jugend in Rechnung stellen, versengte Bärte verlangen Schadensersatz, und für den Rest meiner Tage muß ich mich gegen das Ansehen wehren, das ich unter Brandstiftern genieße.

3

Einem Fleischhacker bei der Arbeit zuzusehen macht schon satter als zwanzig Gedichtbände. In den Sportstätten der Poesie finden längst keine Ausscheidungen mehr statt. Ich ahme mein Publikum nach und bleibe zu Hause und lobe Verdauliches: Dein Schweinebraten, Mutter, ist heute wieder ein Gedicht! Über alles wächst Gras, über die neuesten Innerlichkeiten wie über die ältesten Äußerlichkeiten. Die

Anfeuerungsrufe: hier poésie pure, dort poésie engagée, her mit dem langen Gedicht, weg mit dem kurzen und umgekehrt, sind verhallt und werden nur noch von unermüdlichen Platzwarten und Frühinvaliden memoriert. Die Bandenwerbung der Ismen ist abgeblättert, und die Vereinsfahnen selbst der jüngsten Mannschaften sind, kaum entrollt, Staubfänger. Die Welt ist ein Altersheim für Wolkenschieber, Sterneputzer und alle, die den Mond anbellen. Allein am Stadtrand überlebt noch ein Recycling-Gedicht: Einmal gelesen, schon kannst du es auch! Mach lieber einen Laden für Socken auf, meinetwegen in Mecklenburg-Vorpommern. Fußbedeckungen gehen immer. Poesie nur auf Krankenschein.

4

Natürlich ehre ich Vater- und Muttersprache, wie mir der Schnabel gewachsen ist, und lasse mir, mit Ausnahme von den Gebrüdern Grimm, nicht dreinreden, von den Alleinseligmachenden schon gar nicht, nicht von der Dreifaltigkeit noch von ihren Musketieren (eher schon vom mir heiligen Zwiespalt!), nicht von den Bremer Stadtmusikanten (die Leipziger eingeschlossen) noch von den fünf Fingern, an denen man sich alles abzählen kann, nicht von den Sechsachteltakten des Tages noch von den sieben Todsünden (acht Läßlichkeiten oder Schwächen kann ich auf Zuruf jederzeit zum besten geben!), nicht von den Neuntötern oder den zehn Gerechten, noch verkleide ich meine Witze am elften Elften um elf Uhr elf auf Befehl, wie ich auch der zwölf Jünger und aller vierzehn Heiligen entbehren kann, solange ich noch jede Dreizehn, besonders an Freitagen, mit meinen Versen zu schlagen vermag.

5

Zeit also, Bekenntnisse abzulegen, wie sie von jedem mit der Dichtkunst Befaßten von Zeit zu Zeit im Lande verlangt werden. Ich gestehe also: Ich habe Rotkäppchen und Nelken, Wackersteine und Dudelsäcke (welche die Internationale noch können), mehrere gealterte Auroren (für Morgenröten und Morgengrauen gleichermaßen zuständig), Ruckediguh und Gleichheit und Brüderlichkeit (Blut ist im Schuh!) in meiner Rumpelkammer, und alle zeugen für mich und gegen mich je nach Aktenlage und dem tagesbedingten Eifer des Herrn Leitz und seiner Ordner.

6

Ich gebe zu: Weniger wäre in meinem Leben mehr Lorbeer und Eisbein gewesen. Die Butter wußte zu allen Zeiten besser, wo ihre Seite lag, und auch der Rahm schöpfte sich eher mir vom Munde ab als ich ihn. Wo Barthel den Most holt, weiß ich inzwischen, und der Schmäh auf die hoch hängenden Trauben fällt mir (ein gelernter Fuchs!) von Zeit zu Zeit immer noch leicht in den Schoß. Die Literatur ist ein Lebensmittel, und die zwanzig Prozent Schwermutsteuer ziehe ich mir immer spielender vom Sitzleder. Nun sind Dickmamsell und Schmalhans, Küchenmeister und Biermörder bei mir zu Gast, und ich kann ihnen zu meinen Hauptmahlzeiten zurufen: Laßt uns ein Worthühnchen rupfen, Freunde! Jeden Sonntag bin ich mein eigener guter König Heinrich.

7

Die Zeiten, wo das Fliegen zur Sonne, Brüder, noch geholfen hat, sind vorbei, triumphiert Dädalus über Ikarus und holt sich seine Stütze vom Institut für vergleichende Sozialforschung. Wohl dem, der noch einen, wenn auch kleinen, System-Vergleich in der Tasche hat. Ich kann von Glück sagen, ich war von Pech verfolgt. Wer zu oft zur richtigen Zeit am falschen Ort war, wundert sich nicht mehr, daß es die Wölfe sind, die den Hasen gute Nacht sagen. Ach Janus, mein Lehrer, und Proteus, mein Vorbild, und Hydra, meine Kinderschwester, so viele Gesichter sind gar nicht zu schneiden, wie man für ein buchstäbliches Leben braucht!

8

Macht nichts. Am Ende schreibt sich doch jeder von Pontius nach Pilatus und um seine Unschuld. Ungeschoren kommt längst keiner mehr davon, es sei denn, er hätte einen, den er scheren kann. Nun überlege ich nur noch, welchen von meinen Schächern ich herausgebe, bevor ich mich selbst festnagle. Vielleicht, daß sich als Pharisäer (Schriftgelehrter!), als Essig- und Schwammhändler oder als ein in der Lyrik dilettierender Legionär noch ein Auskommen und ein biblisches Alter findet.

Notizen 11

Das ist wahrlich ein politisches Gedicht! Und sieh: Es fehlt kein einziger Hauptsatz!

Völlerei: Gedichte, die sich mit Gedichten überfressen haben.

Das Gebieterische und Herrschsüchtige jeder Poetik.

Bisweilen noch diese zaghaften Bitten um Gebrauch in Gedichttiteln: Lied, Kinderreim, Hymne, Rezept, Nachricht etc.

Kritischer Kitsch: Zur Lieblosigkeit ein so wunderbares Verhältnis haben wie Schlagertexte zur Liebe.

Er schreibt sehr gut Deutsch, allerdings ein unbekanntes.

Immer wieder das starke Bedürfnis, von Zeit zu Zeit unter Worte gehen zu müssen.

Im Deutschen, wo die Wahrheit eine Stunde, die Freiheit eine Gasse und die Tugend einen Pfad hat.

Hinter den zerbrochenen Krügen der Utopie Kleist, der ruft: »Wir müssen die Reise um die Welt machen und sehen, ob das Paradies vielleicht von hinten irgendwo wieder offen ist.«

Nach einem Wortinfarkt wieder vorsichtig buchstabieren lernen.

Entschuldigung: die reinste Wortmagie.

Das perpetuum mobile der Poesie: das Wort, to end all words.

Komm, laß uns noch einen Durchlauf machen, sagen die Dichter zu den erschöpften Worten und atmen erleichtert auf, wenn sich die Wörter bei der Generalprobe schlecht aufführen, damit, nach altem Aberglauben, die Premiere gelingt.

Worte auf der Flucht vor Wörterbüchern, die ihrer habhaft werden wollen.

Die fehlenden Maßstäbe sind sie.

Flugschein

Die Lizenz zum Fliegen hat sich die Poesie (wie so manches andere) eigenmächtig ausgestellt und zu ihrem Firmenzeichen nicht ohne List den Pegasus bestellt, ein pferdeähnliches Wesen, das gleich über mehrere vorteilhafte Eigenschaften verfügt. Es ist halb göttlicher, halb gruseliger Herkunft, aus der Verbindung des Meeresgottes Poseidon und der Medusa gezeugt. Es ist schnell wie der Wind, und wo es hintritt, entspringen Musenquellen. Es besitzt Flügel, kann sich also auf platter Erde wie in höheren Regionen bewegen. Und was für die Kunst das beste ist: Obwohl alle, die von Poesie reden, davon sprechen, hat es noch keiner gesehen. Seitdem sind die ihm zugesagten Qualitäten auch auf die Poesie übergegangen, und die schieren Behauptungen, sie sei erhebend, beschwingt, beflügelnd, himmlisch gar, sind sprichwörtlich geworden, ein frühes Beispiel einer geglückten Werbestrategie.

Die poetischen Investitionen in ein Pferd haben sich ausgezahlt, nicht nur, weil sich der Mythos problemlos in anderen Ländern und Kulturen finden oder dorthin übersetzen ließ – der sagenhafte Ritt Mohammeds durch die Lüfte nach Medina sei nur ein Beispiel –, auch der mitteleuropäische Aberglaube tat das Seine dazu, und die Poesie, noch nie zimperlich im Borgen, Einverleiben und Einheimsen, profitierte nicht schlecht vom Ruch der einheimischen Erfindungen. Ob man nun Paracelsus einen Schimmel andichtete, der von St. Gallen nach Basel fliegen konnte, Mephisto dem Faust einen Gaul andiente, der ihn »an alle Orte und ende« zu tragen vermochte, oder die Hexen mit »fliegenden Rossen« zum Blocksberg bewegte, stets blieb von den Berichten auch etwas an den Berichterstattern, der Poesie, hängen. (Daß ihre Vertreter allerdings nicht das damals leistungsfähigere, windschnittigere Modell, Odins achtbeiniges Roß Sleipnir, das nie müde wurde, weil, während vier seiner Beine galoppierten, vier sich ausruhen konnten, statt des dagegen eher lahmen Pegasus zum Markennamen nahmen, ist wohl auf die ortsübliche Verachtung des Ortsüblichen zurückzuführen.) Nicht entgehen ließ sich die Poesie jedenfalls ihre frühzeitigen Neben-, Folge- und Zusatzgeschäfte, die immer noch Lebenshilfe und Schmerzlinderung heißen. In Hans Schöpfs Buch der »Fabeltiere« findet sich ein Rezept gegen Gliederschmerzen und Gliedersteifheit, das Konrad von Megenburg empfohlen haben soll – »Gegen dieselbe Krankheit trage man einen Stein mit dem Bild des Pegasus als Amulett auf der Brust« –, und im medizinischen Handel schimmert ein Urmotiv, die Poesie als Mittel gegen die Unbeweglichkeit, durch.

Mit der Eroberung des Luftraums durch Pferdestärken haben sich die Poeten jedoch nicht begnügt, sondern neben allerhand fabelhaftem Geflügel wie Greif, Rock, Basilisk und Phönix, Drachen und Engel flugs alles beansprucht, ausgeweidet und mit Worten ausgebalgt, was die Natur an Flügeln und Beflügelndem hergab. Und seit Horaz vormachte, wie sich der Poet in einen Vogel verwandeln kann –

Sieh, schon umzieht mir rauhere Haut den Fuß,
Schon werd' zum schneeweiß schimmernden Vogel ich

– sind die Varianten des Liedes »Wenn ich ein Vöglein wär« in der Lyrik Legion und haben bis heute Gedichtsammlungen mit den Titeln »Vogelbühne«, »Luftfracht«, »Phönix voran« und ähnlich Luftiges gezeugt. »O daß wir alle Vogelseelen wären«, wünscht der Dichter Oskar Loerke am Ende seines Gedichts »Die Vogelstraßen«, ein Verkehrssystem, das die literarischen Ornithologen zumindest seit Petrarcas Sonett »Er spricht mit einem Zugvogel« nicht mehr verlassen haben. Seither ist der poetische Vogelpark mit lieblichen und lebhaften Nachtigallen, Lerchen und Friedenstauben reichlich versehen, die schwarzen Boten der Melancholie, das Käuzchen, Poes Nevermore-Rabe und Nietzsches »schwirrende« Krähen nicht ausgenommen. Fundevogel und der Vogel federlos erscheinen da in ihrer Märchen- und Rätselhaftigkeit fast schon als Sinnbilder der Poesie selbst, wie ja auch Baudelaires berühmtes Sinnbild des Poeten auf einen Vogel, den Albatros, zurückgeht. Schließlich verdankt die Poesie dem »Vogelflug der Worte« (Krolow) auch ihr symbolisches Handwerkszeug, zu dem jeder, auch wenn er anderes Schreibgerät bevorzugt, greift, die Feder.
Mehr als andere Literaturarten hat die Poesie die Gesellschaft von Luftikussen aller Art und Länder gesucht und gefunden und ihre Wolkenkuckucksheime mit ihnen besetzt. Die Besetzungsliste gleicht einem Who is who der luftigen Gesellen aus allen Klassen und Schichten, von Ariel bis Superman, vom fliegenden Holländer bis zum fliegenden Robert, vom Schneider von Ulm bis Lindbergh, Rafael Albertis und Rilkes Engel nicht zu vergessen. Allen voran aber Ikarus und

Dädalus, ein sagenhaftes Paar, das die unbestrittene klassische Haupt- und Nebenrolle in den meisten Versfilmen, in denen geflogen wird, einnimmt und in sich die Flugsucht, die Höhenkrankheit und die Höhengesundheit der Poesie wie kein anderes verkörpert.
Keine Idee, die nicht versucht hat, die beiden für ihre Zwecke auszustopfen, keine Moral, die sie nicht mit zusätzlicher Fracht versah, als hätten beide nicht Eigengewicht genug. Allerdings geben diese beiden Flugobjekte einiges mehr her als andere poetische Ufos, wobei dem unspektakulären Dädalus in aufgeregten Zeiten meist nur die undankbare Rolle des Stichwortgebers zukommt und in abgeregten der peinliche Part des Besserwissers zufällt. Ikarus hat das Wort, und das Wort hat Ikarus. Er dient zur Bebilderung des Sprichworts, daß Hochmut vor dem Fall komme, ebenso wie zur Darstellung einer fliegenden Freiheitsstatuette, zum Menetekel des Immerhöherhinaus wie zum Lobpreis der Kühnheit; vom höheren Exempel des Vater-Sohn-Konflikts, nach dem, wer auf Dädalus nicht hören will, schrecklich fühlen muß, nicht zu reden. Am Ende kommt noch die Kunst und will sich im Flügelmenschen als Aufbruch zu neuen Ufern, Wagnis und Scheitern selbst verkörpert sehen. Wir sehen schon: Ikarus, das poetische Flugzeug für jedermann.
Angesichts all dieser Verkleidungen, Gravitationsverleugnungen und Levitationsbehauptungen, kurz: Fliegerlatein, stellt sich die Frage allen poetischen Karnevals: Wollen wir sie fliegen lassen? Aber ja. Der Himmel, sagt Ovid, ist offen; dort wollen wir hin.

Inhalt

Lyrik

Jan Koneffke
Gelbes Dienstrad wie es hoch durch die Luft schoß
Gedichte
Band 10786

Michael Krüger
Diderots Katze
Gedichte
Band 2256

Günter Kunert
Berlin beizeiten
Gedichte
Band 9567

Reiner Kunze
auf eigene hoffnung
Gedichte
Band 5230
zimmerlautstärke
Gedichte
Band 1934

Peter Maiwald
Balladen von Samstag auf Sonntag
Band 10676
Guter Dinge
Band 10675

Ossip Mandelstam
Gedichte
Band 5312
Mitternacht in Moskau
Die Moskauer Hefte
Gedichte 1930–1934
Band 9184

Christoph Meckel
Souterrain
Gedichte
Band 5146
Wildnisse
Band 5819

Selma Meerbaum-Eisinger
Ich bin in Sehnsucht eingehüllt
Band 5394

Boris Pasternak
Wenn es aufklart
Gedichte 1956–1959
Band 9566

Felix Pollak
Vom Nutzen des Zweifels
Gedichte
Band 9263

Jan Skácel
wundklee
gedichte
Band 10129

Guntram Vesper
Ich hörte den Namen Jessenin
Frühe Gedichte
Band 11282
Die Illusion des Unglücks
Gedichte
Band 5128
Die Inseln im Landmeer
und neue Gedichte
Band 5821
Frohburg
Neue Gedichte
Band 5905

Paul Zech
Vom schwarzen Revier zur neuen Welt
Gesammelte Gedichte
Band 9226

Fischer Taschenbuch Verlag

fi 145/15 c

Lyrik - Anthologien

In diesem Lande leben wir
Deutsche Gedichte der Gegenwart
Eine Anthologie in zehn Kapiteln
Herausgegeben von Hans Bender
Band 5006

Was sind das für Zeiten
Deutschsprachige Gedichte der achtziger Jahre
Herausgegeben von Hans Bender
Band 9553

Das deutsche Gedicht
Vom Mittelalter bis zum 20. Jahrhundert
Auswahl und Einleitung von Edgar Hederer
Band 155

Die Kinder dieser Welt
Gedichte aus zwei Jahrhunderten
Herausgegeben von Jana Halamičková
Band 10039

Draußen steht eine bange Nacht
Gedichte und Lieder aus Konzentrationslagern
Herausgegeben von Ellinor Lau und Susanne Pampuch
Band 10716 (in Vorbereitung)

Fischer Taschenbuch Verlag

fi 149 /2

Literarische Anthologien

Das Buch der Niedertracht
Herausgegeben von Klaus G. Renner
Band 9295

Flitterwochen und andere Ehegeschichten
Herausgegeben von Ursula Köhler
Band 9569

Geschichten von Urlaub und Reise
Herausgegeben von Ursula Köhler
Band 9288

Gehen im Gebirg
Eine Anthologie
Zusammenstellung und Nachwort von Willi Köhler
Band 10155

Giorgio Manganelli
Manganelli furioso
Handbuch für unnütze Leidenschaften
Band 10336

Plötzliche Geschichten
Amerikanische Short-Shortstories
Herausgegeben von Robert Shapard und James Thomas
Band 11415

Das Tier mit den zwei Rücken
Erotika
Herausgegeben von Roger Willemsen
Band 11417

Johanna Walser

Die Unterwerfung
Erzählung. Band 2349

Lisa lebt hier und heute, doch kommt sie nicht mit diesem Leben zurecht; sie möchte ihren eigenen Weg gehen. Aber da ist etwas, das sie bedroht, sei es ein Stern, der auf sie abzustürzen droht, sei es, daß die Welt von ihr abgerückt ist. Johanna Walsers Prosa klagt nicht an, sondern stellt mit der Leichtigkeit vollendeter Ironie die Distanz zum Nicht-Veränderbaren dar. Ein riskantes Unterfangen, sich zu verbergen in dem Riß, der durch die Welt geht.

Vor dem Leben stehend
Band 2326

In diesen Prosastücken schaut ein Ich, das bisweilen in die Figur L. hinübergleitet, mit einzigartiger Klarheit auf seine Familie, die Schule, die Umwelt und die Natur. Johanna Walser läßt uns in den vielen Skizzen, Fragmenten und kurzen Szenen daran teilnehmen, wie dieses Ich sich entdeckt, indem es die anderen durchschaut, liebevoll und distanziert zugleich.

Wetterleuchten
Erzählungen. Band 2370

Wetterleuchten erzählt von Helden des Verzichts, des Abwartens und des vorsichtigen Bewahrens, die in eine Welt geraten sind, die auf derlei Tugenden keinen großen Wert legt. Die Autorin läßt die Zurück-Haltung ihrer Figuren durch ihre präzise und zugleich überaus musikalische Sprache zu einer literarischen Erfahrung werden.

Fischer Taschenbuch Verlag

fi 1566 / 2